Das Buch:
Zum fünfzigsten Todestag des berühmten Südtiroler Malers Max Parer findet im Gartenhotel Moser in Montiggl/Südtirol eine Ausstellung unbekannter Gemälde des Künstlers statt. Christine Moser, Hotelchefin und Organisatorin der Ausstellung, hat in mühevoller Kleinarbeit bisher noch nie gezeigte Werke aus der ganzen Region zusammengetragen, doch am Tag der Eröffnung kommt es zum Eklat: Ausgerechnet die Aquarelle, die Wolfgang Moser kurz zuvor geerbt hatte, sollen angeblich Diebesgut sein. Zum Entsetzen aller Gäste werden die Gemälde gestohlen und Christine entführt …

Die Autorin:
Monika Martin ist Sozialpädagogin und arbeitet als Autorin und Stadtführerin in Nürnberg.

In ihrer Reihe *„Krimis mit Geschichte"* verbindet sie ihre literarische Tätigkeit mit ihrem regionalgeschichtlichen Engagement zu Kriminalromanen mit Fakten aus der Nürnberger Stadtgeschichte.
In den Krimis der Reihe *„Ermitteln, wo andere Urlaub machen"* nimmt sie die Leser mit an Orte und Schauplätze, die sie selbst oft und gerne bereist hat: Ungarn, Italien, die Nordseeküste und Südtirol.
„Diebesgut" ist nach *„Bilderrätsel"* der zweite Krimi, der in Zusammenarbeit mit dem Gartenhotel Moser entstanden ist.

Im November 2018 wurde ihr der Elisabeth-Engelhardt-Literaturpreis verliehen.
Monika Martin lebt mit ihrer Familie in Schwanstetten bei Nürnberg.

Monika Martin

Diebesgut

Commissario Pagani ermittelt im
Südtiroler Unterland

Bibliografische Information der Deutschen Nationalbibliothek:
Die Deutsche Nationalbibliothek verzeichnet diese Publikation in der
Deutschen Nationalbibliografie; detaillierte bibliografische Daten sind im
Internet unter http://dnb.d-nb.de abrufbar.

Dieses Buch ist auch als E-Book erhältlich

Erste Auflage im September 2022

Copyright © 2020 by Monika Endres
Titel der Originalausgabe: „Diebesgut – Ein Gartenhotel
Moser Krimi"
Layout und Gestaltung: M&M Logistics
Fotos: Monika und Mathilda Endres

Herstellung und Verlag: BoD - Books on Demand,
Norderstedt

ISBN: 9783756210718

Prolog

12. Mai 1967

Frühling ist's im ganzen Tal
Tausend Blüten an den Bäumen
Bunt und duftend allemal
Ich will es nicht versäumen.

Strebe raus in die Natur
mit Pinsel und Stafflei
Mal mit meinen Farben nur
Komm, Frühling, komm herbei!

Meine hochgeschätzte Margarete,

und wieder ist es Frühling, und wieder, und wieder. Über achtzig Mal schon durfte ich dieses Schauspiel erleben, durfte sehen und spüren, wie die Natur nach dem langen Winter plötzlich wieder vor Kraft und Lebensmut strotzt. Wie oft habe ich mich von dieser unvergleichlichen Schönheit anstecken lassen, habe es nicht erwarten können, endlich hinauszugehen, die Faszination der Landschaft in den schillerndsten Farben auf Leinwand zu bannen. Am frühen Morgen, am helllichten Tag. Selbst nachts bei Kerzenschein.
Ohne Unterlass.
Ein innerer Drang trieb mich an. Es war eine Art Berufung, eine gottgegebene Gabe, winzige Körnchen von Gottes Schöpfung festzuhalten.

Doch langsam geht es mit meiner Kraft zu Ende. Ich habe keine Reserven mehr, bin ausgelaugt, leer, habe zu Ende gelebt.

Einzig du bist es, die mich jeden Morgen aufstehen lässt, die den langen, gleichförmigen Tagen Sinn verleiht. Mit deinem sonnigen Gemüt lässt du meine düstere Kammer erstrahlen, erwärmst du mich bis in mein Innerstes.

Du bist die Tochter, die ich nie hatte, du bringst mir nicht nur Brot und Käse, sondern vor allem Güte und Liebe, Achtung und Respekt.

Und dafür bin ich dir unendlich dankbar.

Es schmerzt mich zu sehen, wie hart es für dich ist, wie übel dir das Schicksal mitspielt, welch Ungerechtigkeiten du ausgesetzt bist.

Dabei hast du nichts anderes getan als andere Frauen auch. Du hast unter Schmerzen einem Kind das Leben geschenkt, einem kleinen, fröhlichen Jungen, der genauso wie du darunter zu leiden hat, dass er nicht in eine Ehe hinein-geboren wurde.

Aber ist er deshalb weniger wert? Bist du als Mutter deshalb weniger wert?

Die Menschen sind grausam und hart. Wie das Leben selbst.

Meine liebe Margarete, ich schreibe dir diese Zeilen in unendlicher Dankbarkeit und Liebe und in der Hoffnung, du mögest sie eines Tages lesen.

Ich wünsche mir nichts sehnlicher als dich und deinen kleinen Jungen glücklich zu sehen, umgeben von ver-ständnisvollen Menschen, von wirklichen Freunden.

Doch ich weiß, dass das nicht leicht wird, vor allem, wenn dich tagaus tagein die Sorge um dein Auskommen plagt.

Die Welt ist voll von schlechten Menschen, Menschen, die nur ihren eigenen Vorteil sehen, die bereit sind, anderen zu schaden, sich am Besitz anderer zu bereichern.

Du weißt, wie oft ich Besuch von Leuten bekomme, denen ich angeblich so viel bedeute, die vorgeben, meine Gegenwart zu schätzen, die behaupten, ich sei ein großer, bedeutender Künstler. Sie bringen Geschenke mit, ver-wickeln mich in ein Gespräch und bilden sich ein, ich merke nicht, dass sie mich bestehlen.

Du bist anders, hast ein so reines Gemüt, so zart und gut, dass mir ganz warm ums Herz wird, wenn ich an dich denke.

Mein Kind, mein liebes Kind, meine Augen werden müde, meine Finger schwach. Ich möchte dir als Dank für all deine Mühen, für all die schönen Stunden vier meiner liebsten Gemälde überlassen. Mein Sohn hat sie schätzen lassen, hätte sie am liebsten gleich verkauft. Sie werden dir helfen, dein Leben und das deines Sohnes zu meistern. Das Schönste zeigt den Moserhof im Frühling, mit blühenden Bäumen und den stattlichen Häusern meiner Heimat Montiggl. Wenn ich das Ende deutlich spüre, werde ich dir die Bilder und den Brief geben.

Behalte mich in guter Erinnerung.

Dein alter Freund

Max Parer

P.S. Dir zu Ehren habe ich in die linke untere Ecke der Rahmen ein kleines *M* eingearbeitet. Es sind deine Bilder und niemand soll sie dir nehmen!

1

Der Wind heulte um die Mauern des alten Bauernhauses, ließ die maroden Fensterläden klappern, als wolle er sie mit sich reißen. Der trübe, düstere Wintertag neigte sich dem Ende entgegen. Es dämmerte, ohne dass es richtig hell geworden war. Wieder ein Tag ohne Sonne, ohne Licht, ohne Wärme.

Aloisia zog sich ihre löchrige Strickjacke fester um den mageren Körper, rückte näher an das knisternde Feuer im Herd heran, doch nichts schien die Kälte aus ihren Knochen vertreiben zu können.

Das schaffte nur die Sonne – und auf die würde sie noch warten müssen. Wie jedes Jahr sehnte sie sich nach dem Frühling.

Es würde ihr Sechsundachtzigster sein.

Ihr Blick fiel auf den kleinen Abreißkalender an der Wand. Heute war der 29. Januar 2018.

Den ganzen Tag schon hatte sie an nichts anderes denken können, waren ihre Gedanken immer und immer wieder um ein Ereignis gekreist, das sich heute zum 50. Mal jährte:

Max Parers Tod.

Mühsam erhob sie sich, stützte sich auf ihren Stock und schlurfte aus der überheizten Küche hinaus in den eiskalten Flur. Vor der Kellertür blieb sie stehen.

Mit zitternden Fingern zog sie den Schlüssel aus ihrer Schürzentasche und steckte ihn ins Schloss. Sollte sie es wirklich wagen, allein die steile Treppe hinabzusteigen? Was, wenn sie stürzte? Die freiwillige Helferin vom weißen Kreuz würde erst morgen früh wiederkommen.

Sie zögerte, doch es musste sein.

Vor einem Jahr war sie zum letzten Mal dort unten gewesen, hatte es hinterher kaum geschafft, die steile Treppe wieder hinaufzusteigen. Jetzt war sie wieder ein Jahr älter, gebrechlicher, schwächer.

Und doch – sie musste es tun!

Feucht-kalte Luft schlug ihr entgegen. Auf der nackten Glühbirne lag der Staub vieler Jahrzehnte. Es war beinahe ein Wunder, dass sie noch immer in der Lage war, einen schwachen Lichtschein zu verbreiten.

Aloisia straffte sich innerlich, nahm all ihren Mut zusammen, krallte sich am rostigen Geländer fest und setzte vorsichtig einen Fuß vor den anderen. Jeder Muskel schmerzte, die Knie wurden weich. Stufe für Stufe ging es weiter hinab in das düstere Gewölbe. Schweiß drang ihr aus allen Poren, sie keuchte vor Anstrengung und Angst. Nach einer gefühlten Ewigkeit stand sie mit wackeligen Beinen am Fuß der Treppe. Tränen der Erleichterung rannen über ihr runzeliges Gesicht. Erschöpft ließ sie sich auf den schmutzigen Deckel der alten Truhe sinken, in der sie einst ihre Aussteuer aufbewahrt hatte.

Es war alles so lange her, so lange. Ein ganzes Menschenleben lag hinter ihr, ein anstrengendes, aber auch schönes Leben, ihr Leben.

Sie spürte, wie ihr Lebenswille schwächer wurde, die Kräfte schwanden. Viel Zeit würde ihr wohl nicht mehr bleiben.

Die Bilder!

Noch einmal wollte sie die Bilder sehen, die seit ziemlich genau fünfzig Jahren in ihrem Besitz waren, obwohl sie gar nicht …

Sie schob den Gedanken beiseite, so, wie sie es seit Jahrzehnten getan hatte. Die Bilder gehörten ihr und sie allein würde bestimmen, wer sie nach ihrem Tod bekommen würde. Die Menschen waren so gierig, konnten nie genug bekommen, waren ständig geblendet von Macht und Geld, nahmen sich nie Zeit für die Schönheit der Natur und der Kunst.

Stöhnend stand sie auf, ging in den kleinen Raum, in dem das mächtige Möbelstück stand und öffnete die Tür. Mit leuchtenden Augen blickte sie glücklich auf die vier Aquarelle, die von Strahlern beleuchtet auf tiefrotem Samt lagen.

Zwei Bauernpaare beim fröhlichen Tanz, ein Ochsengespann bei der Feldarbeit, der Kalterer See. Das schönste von ihnen war das Bild vom Moserhof mit den zartrosa blühenden Apfelbäumen.

Gerührt setzte sie sich auf einen alten Hocker und ließ sich von den Motiven verzaubern. Ein ganzes Jahr lang hatte sie sie nicht mehr betrachten können.

Sie hatten ihr so sehr gefehlt.

Ihr geliebter Mann – Gott habe ihn selig – hatte ihr einst die Kostbarkeiten gebracht. Er hat diesen Schrank gebaut und sich gemeinsam mit ihr immer wieder an den Bildern erfreut. Woher sie kamen, hat er nie erzählt, hatte ihr das Versprechen abgenommen, mit niemandem darüber zu reden. Aloisia hatte ihn immer wieder danach gefragt. Irgendwann hat sie damit aufgehört, es hingenommen, es genossen, das Geheimnis zu bewahren.

Niemand außer Toni und ihr war seither hier unten gewesen, niemand wusste von ihrem Schatz.

Toni war vor zehn Jahren gegangen und sie spürte, dass sie ihm bald nachfolgen würde. Sie freute sich auf ein Wiedersehen im Himmel, beim Herrgott, wo alle Mühsal ein Ende hat. Sie war müde, unendlich müde, hätte sich am liebsten gleich hingelegt und wäre hinübergeglitten, doch eines hielt sie noch hier fest: die Sorge um die Bilder. Was würde mit ihnen passieren, wenn sie nicht mehr war? Sie hatte keine Kinder, keine Erben.

Sie musste die Bilder jemandem anvertrauen, dem sie genauso wichtig waren wie ihr.

Langsam zog sie ein gefaltetes Blatt Papier und einen Füller aus ihrer Schürzentasche und schrieb mit klammen Fingern:

Mein lieber Wolfgang ...

2

16. Februar 2018

„… nehmen wir nun Abschied von Aloisia Gruber, unserer Schwester im Glauben, die Gott der Herr zu sich gerufen hat in sein Reich."

Andächtig spritzte der Pfarrer Weihwasser über den Sarg, die Ministranten schwenkten das Weihrauchfass.

„Lasset uns beten …"

Mit gefalteten Händen und gesenktem Kopf stand Wolfgang Moser neben seiner Frau und seiner Mutter inmitten der Trauergemeinde auf dem Eppaner Friedhof. Der Chef des nahegelegenen Gartenhotels in Montiggl war gekommen, um seiner ehemaligen Lehrerin die letzte Ehre zu erweisen, auch wenn er keine guten Erinnerungen an seine Schulzeit unter der Obhut der strengen Pädagogin hatte. Allzu oft hat er den Zeigestock auf seinen Handflächen zu spüren bekommen. Eigentlich waren Erziehungsmethoden dieser Art in den 60er Jahren nicht mehr zeitgemäß gewesen, doch das hatte Oberlehrerin Gruber nicht interessiert. Eiserne Disziplin war immer oberste Prämisse gewesen – sehr zum Leidwesen ihrer Schüler.

Wolfgang Moser hob den Blick und sah einige seiner früheren Klassenkameraden mit ernster Miene neben dem Grab stehen. Er war sich sicher, dass in so manchen Köpfen das Gleiche vorging wie in seinem eigenen. Sie waren schon Lausbuben gewesen. Damals, vor fast fünfzig Jahren, hatten die eine oder andere Züchtigung verdient gehabt – und geschadet hatte es keinem von ihnen. Aus allen war schließlich etwas geworden. Er selbst hatte noch zwei Brüder, die er neben deren Frauen ebenfalls unter den Trauergästen entdeckte.

Die pessimistische Prophezeiung der Oberlehrerin, aus den *Moser-Buam* würde sowieso nie etwas werden, hatte sich in keinster Weise bewahrheitet – im Gegenteil. Jeder der drei Brüder führte ein großes, modernes Hotel – und das mit beachtlichem Erfolg.

Die örtliche Blaskapelle spielte ein angemessen trauriges Stück, während der Sarg langsam abgelassen wurde. Alle Schwarzgekleideten stellten sich hintereinander auf, ließen mit Hilfe einer kleinen Schaufel Erde in das Grab rieseln. Anschließend traf man sich zum Leichenschmaus in der Tennisbar in Montiggl. Marlies, die Betreiberin des Cafés, hatte Südtiroler Knödelsuppe und Spaghetti alla Carbonara vorbereitet. Da auch sie während ihrer Schulzeit in den Genuss der Gruber'schen Erziehungsmethoden gekommen war, hielt sich die ehrliche Trauer über das Ableben der verhassten Lehrkraft in Grenzen, was sie natürlich niemals offen zugeben würde. Als Aloisia Gruber schon vor längerem gefragt hatte, ob Marlies den Leichenschmaus ausrichten würde, hat sie selbstverständlich zugesagt. Insgeheim hatte sie beschlossen, etwas mehr zu berechnen als üblich – als kleine, verspätete Wiedergutmachung für die erlittenen Demütigungen.

Die kleine Gaststube füllte sich. Nach der Zeremonie auf dem zugigen Friedhof freuten sich alle auf einen Teller heiße Suppe und Marlies' unübertroffene Spaghetti. Bald schon wurde das laute Schwatzen vom Klappern der Teller und ab und zu einem Schlürfen oder wohligen Brummen abgelöst.

So ein Leichenschmaus hatte doch immer etwas: man traf sich, schwatzte, bekam eine warme Mahlzeit, die man nicht einmal selbst bezahlen musste. Dafür kramte man doch gern die schwarzen, nach Mottenkugeln riechenden Klamotten aus dem Schrank und stellte sich für eine halbe Stunde auf den Friedhof. Im kleinen Ort Montiggl mit seinen 99 Einwohnern kannte jeder jeden, gab es mit allen etwas zu plaudern, konnte man den neuesten Tratsch erfahren. Auch Wolfgang und Christine Moser genossen das Essen und freuten sich, Freunde und Bekannte zu treffen, was während der Saison nur selten möglich war. Jetzt, Anfang Februar, war nur ein kleiner Teil des Gartenhotels offen und die

Mosers hatten Zeit, sich ausgiebig mit allen auszutauschen. Die Suppenteller wurden gerade abgeräumt, als die Tür aufging und ein schick gekleideter, allen Anwesenden unbekannter Herr hereinkam – und mit ihm ein Schwall kalte Winterluft.

„Guten Tag", grüßte er höflich in perfektem Hochdeutsch, nahm seinen Hut ab und sah in die Runde. Die Gespräche verstummten. Alle Augen waren auf ihn gerichtet.

„Mein Name ist Dr. Wollberg. Ich suche einen Herrn Moser."

„Wir haben viele Mosers hier. Sie können sich den Schönsten aussuchen", rief jemand aus der Runde und erntete damit schallendes Gelächter. Schick gekleidete Herren, die hochdeutsch sprachen und einen Doktortitel trugen, verirrten sich nicht allzu oft nach Montiggl – und im Februar schon gar nicht.

Der Mann verzog keine Miene und wartete geduldig, bis es wieder ruhiger geworden war.

„Wolfgang Moser", ergänzte er nüchtern.

„Oh! Wolfgang! Hast du was angestellt?" Jetzt sahen alle lachend zu Wolfgang Moser hinüber.

„Ja, worum geht es denn?", antwortete der Hotelchef und schüttelte entschuldigend den Kopf.

„Kann ich Sie kurz unter vier Augen sprechen?", fuhr Dr. Wollberg ungerührt fort.

Wieder fröhliches Gelächter. „Werden die Strafzettel jetzt schon persönlich vorbeigebracht?"

„So, Herrschaften", meldete sich nun Marlies energisch zu Wort. „Ihr esst jetzt mal eure Pasta und Sie können gern im Stübchen Platz nehmen. Wolfgang? Kommst du?" Sie öffnete die Tür zu einem kleinen Nebenraum.

Dr. Wollberg nickte ihr zu. „Danke."

Kurz darauf waren die beiden allein. Das Gelächter und Gerede der Dorfbewohner drang gedämpft durch die Tür. Wolfgang blickte sein Gegenüber neugierig an.

„Was kann ich für Sie tun?"

„Ich denke, ich kann etwas für Sie tun."

Dr. Wollberg stellte seinen Aktenkoffer auf den Tisch, öffnete ihn und zog eine graue Mappe daraus hervor.

„Es geht um den Nachlass von Frau Gruber."
Wolfgang blickte erstaunt auf. „Ach, Sie sind …"
„Notar, richtig. Ich kümmere mich im Auftrag der Familie Gruber um den Nachlass der verstorbenen Frau Aloisia Benedikta Gruber, geborene Hirscher." Er klappte die Mappe auf und entnahm ihr ein einzelnes Blatt Papier.
„Sind Sie Wolfgang Moser, geboren am 09.03.1961 in Montiggl?"
„Ja, aber was habe ich mit dem Nachlass der Gruberin zu tun?" Er kam aus dem Staunen nicht heraus. „Könnte ich bitte Ihren Ausweis sehen?"
Wolfgang Moser beäugte den vornehmen Herrn skeptisch. War das etwa eine neue Betrugsmasche? Erst kürzlich hatte sich ein ominöser Mann bei seiner Mutter gemeldet und sich als ihr Enkel ausgegeben. Angeblich brauchte er dringend 10.000€, die sie eine Woche später wieder zurückbekommen würde. Sie sollte schnellstmöglich die Summe von der Bank abheben und niemandem etwas verraten. Zum Glück hatte seine Mutter Verdacht geschöpft und die Polizei alarmiert. Bei der fingierten Geldübergabe hatte der Mann gefasst werden können.
„Natürlich. Bitte entschuldigen Sie." Der Notar zeigte Wolfgang Moser seinen Ausweis und reichte ihm eine Visitenkarte. Die Gestaltung des Kärtchens war so nüchtern und sachlich wie der Mann selbst. Schlichte schwarze Schrift auf weißem Papier.

Dr. Eugen Wollberg
Notar

Darunter noch die Adresse. Fertig. Keine Farbe, keine Blümchen, keine Goldschrift.
Sehr stimmig und seriös.
„Verraten Sie mir jetzt, was ich mit dem Erbe von Frau Gruber zu tun habe?"
„Das kann ich Ihnen jetzt und hier nicht sagen. Bitte kommen Sie am Donnerstag um 10:00 Uhr in meine Kanzlei in Bozen. Dort werden wir alles klären." Dr. Wollberg verzog keine Miene und leierte seinen Text beinahe

mechanisch herunter. Es könnte auch ein Roboter sein, der da akkurat gekleidet etwas deplatziert in Marlies' Stübchen saß, schoss es Wolfgang Moser durch den Kopf. „Aber warum kommen Sie persönlich vorbei? Sie hätten doch einfach anrufen oder einen Brief schicken können." „Das ist Teil der testamentarischen Verfügung. Frau Gruber hat vor ihrem Ableben festgelegt, dass die Einladung zur Testamentseröffnung am Tag ihres Begräbnisses von mir persönlich zu erfolgen hat." Damit packte er seinen Aktenkoffer wieder zusammen und setzte seinen Hut auf. „Guten Tag."

3

„Wenn ich nicht befürchten müsste, bei der langweiligen Prozedur einzuschlafen, würde ich schon gern mitkommen", gab Christine Moser zu, als sie auf dem Weg nach Bozen waren. „Ich bin ja so neugierig."
Wolfgang schielte grinsend zu seiner Frau hinüber. „Da wirst du dich wohl oder übel gedulden müssen." Er lenkte das Auto ins Parkhaus und zog ein Ticket aus dem Automaten.
Christine Moser hatte beschlossen, die Gelegenheit zu nutzen und ihren Mann in die Stadt zu begleiten. Trotz ihrer Neugierde darauf, was die ungeliebte Lehrerin einem ihrer damaligen Lausbuben vermacht haben mochte, war Christine froh, den vorfrühlingshaften Tag nicht in einer staubigen Amtsstube, sondern in den Gassen der Bozner Fußgängerzone verbringen zu können.
Sie hatte die Kreditkarte ihres Mannes eingesteckt und freute sich auf das eine oder andere Schnäppchen.
„Viel Spaß und sag Bescheid, wenn du fertig bist."

Voller Erwartung suchte Wolfgang Moser nach der Adresse, die auf der Visitenkarte vermerkt war: Laubengasse 22.
Unter den Arkaden, zwischen teuren Läden und üppig bestückten Schaufenstern wurde er fündig. Neben der Eingangstür befand sich ein goldenes Schild, in das der Name des Notars, ein Klingelknopf und ein kleiner Lautsprecher eingearbeitet waren.
Er klingelte.
„Ja, bitte?", tönte eine freundliche Frauenstimme aus dem Lautsprecher.
„Moser, ich habe einen Termin bei Herrn Wollberg."
„Guten Tag, Herr Moser. Zweiter Stock, bitte."

Das Türschloss machte leise *klick*.

Wolfgang Moser schob die schwere Tür auf und fühlte sich augenblicklich in die Vergangenheit zurückversetzt. Vor ihm lag ein Eingangsbereich, der eher die Bezeichnung *Atrium* verdient hätte. Der Boden war mit edlen Marmorfliesen belegt, an den Wänden hingen Ölgemälde, die hohe Decke war aufwendig bemalt, in einer Ecke plätscherte Wasser in einem kleinen Brunnen. Beeindruckt stieg Wolfgang Moser gemessenen Schrittes die breite, geschwungene Freitreppe hinauf. Er wagte es kaum, den vergoldeten Handlauf zu berühren, rechnete jeden Moment damit, Leonardo da Vinci mit einem Pinsel in der Hand zu begegnen. Mit offenem Mund nahm er Stufe für Stufe, konnte sich an der Pracht des Gebäudes nicht satt sehen.

Vielleicht sollte er über einen Umbau seines Gartenhotels nachdenken und auf die Faszination der spätmittelalterlichen Kunst setzen? Auf Hausbrunnen, Deckengemälde und vergoldete Handläufe? Der Hotelchef nahm sich vor, ernsthaft darüber nachzudenken, doch jetzt war er gespannt auf die Kanzlei des Notars. Wenn bereits das Treppenhaus derart edel gestaltet war, worauf musste man sich dann in den Büroräumen gefasst machen? Auf jahrhundertealte Schreibtische mit Intarsien? Lebensgroße Ölgemälde der Familie Wollberg? Schnitzarbeiten? Kupferstiche? Glasmalerei?

„Herr Moser?", hörte er eine Frauenstimme durch das Treppenhaus rufen.

„Ja, ich bin gleich da", gab er zurück und stand wenig später etwas außer Atem vor einer jungen Frau in dunkelgrauem Rock und weißer Bluse.

„Bitte kommen Sie doch herein", begrüßte sie ihn freundlich. Sie stand in einer mindestens drei Meter hohen Tür, deren Griff sich etwa auf Schulterhöhe befand. Zu seinem Bedauern endete die üppige kunsthistorische Pracht gleich hinter der überdimensionierten Tür.

Keine Marmorfliesen mehr, kein plätschernder Brunnen, keine Gemälde, kein Leonardo. Kein imaginärer Geruch nach Ölfarbe, kein eingebildetes Hufgetrappel.

Nur schlichte, moderne Funktionalität.

Teuer, aber nichtssagend.

Wolfgang Moser war enttäuscht.

Vor einer langweiligen, völlig normal großen und mit Standardgriffen versehenen Bürotür blieb die Sekretärin stehen und klopfte leise an.

„Herr Dr. Wollberg erwartet Sie bereits."

Hatte er sich getäuscht, oder hatte die Dame den *Doktor* besonders betont? Wollte sie ihn damit zurechtweisen? Ihn an die herrschende Etikette in diesen offensichtlich heiligen Hallen erinnern? Er beschloss, nichts dergleichen gehört zu haben und musste wieder einmal feststellen, dass er viel lieber mit Handwerkern oder Architekten verhandelte als mit diesen Doktoren und Bürohengsten. Zu seiner Überraschung öffnete der Notar persönlich die Tür und bat seinen Klienten herein.

„Guten Tag, Herr Moser. Bitte nehmen Sie Platz." Er wies auf eine nicht sehr gemütlich wirkende Sitzgruppe. „Kaffee? Wasser?"

Wie auf Kopfdruck erschien die Vorzimmerdame in der Tür, um die Bestellung aufzunehmen.

Wolfgang dachte mit Bedauern daran, dass sich bei ihm der Genuss einer guten Tasse Espresso meist mit unangenehmem Sodbrennen rächte. „Wasser, bitte. Herzlichen Dank."

Dr. Wollberg hatte bereits eine graue Mappe auf dem Glastisch bereitgelegt und setzt sich zu ihm.

„Schön, dass Sie diesen Termin so schnell wahrnehmen konnten."

Es folgte eine nicht enden wollende Belehrung in feinstem Amtsdeutsch, nur unterbrochen von der Sekretärin, die nahezu lautlos Getränke und Gebäck hereinbrachte.

„Sie können das Erbe annehmen oder auch ablehnen", schloss der Notar seine Ausführungen.

„Aber welches Erbe denn?"

Dr. Wollberg erhob sich und holte ein großes Paket, das in mehrere Schichten Luftpolsterfolie eingewickelt war. „Das hier."

4

Ungläubig starrte Christine Moser auf das, was ihr Mann stolz und glücklich aus der Plastikfolie gewickelt und auf dem großen Tisch ausgebreitet hatte. Seine Augen leuchteten wie Kinderaugen unter dem Weihnachtsbaum. „Ist das nicht großartig? Völlig unglaublich! Unfassbar!" Zärtlich strich er über das, was ihn in euphorische Begeisterungsstürme versetzt, seiner Frau allerdings das blanke Entsetzen ins Gesicht getrieben hatte. „Es gibt sie also doch. Ich habe es immer gewusst." Fassungslos beobachtete Christine, wie sehr sich ihr Mann freute. So sehr sie dieses Glück auch rührte, sie selbst hätte die vier Objekte am liebsten wieder eingepackt und schleunigst aus dem Haus geschafft. „Sieh doch diese wunderschönen Bilder. Wie er es nur geschafft hat, diese einzigartigen Stimmungen einzufangen", schwärmte Wolfgang weiter, während Christine genervt die Arme vor der Brust verschränkte.

Das war es also, das geheimnisvolle Erbe der ungeliebten Lehrkraft, das war es, was Oberlehrerin Gruber einem ihrer ehemaligen Schüler vermacht hatte: vier Gemälde des Südtiroler Malers Max Parer.

Noch vier weitere düstere Scheußlichkeiten, als ob sich nicht schon über hundert Bilder in einer Abstellkammer des Hotels stapeln würden – zusätzlich zu all jenen, die ihr Mann bereits flächendeckend im Hotel verteilt hatte. Wie das Unkraut im Garten hatten sich diese kitschigen Ansichten von Schlern und Rosengarten, von Weinbauern und Kirchtürmen, vom Kalterer See, dem Montiggler Seeschlösschen und Enten oder Fischen im Hotel ausgebreitet. An den Wänden, auf Servietten und Tischkärtchen – nahezu überall. Sie schüttelte energisch den Kopf.

„Bring sie wieder zurück! Ich brauche nicht noch mehr Parer in meinem Hotel."

Wolfgang starrte sie entsetzt an. „Wie bitte? Zurückbringen? Diese Schmuckstücke?"

„Natürlich! Wo sollen wir denn den ganzen Plunder hinhängen? Du musst ja das Erbe nicht antreten. Oder wir verkaufen das Zeug und kaufen noch ein Alpaka für das Geld."

„Christine! Jetzt reicht es aber! Vielleicht erinnerst du dich, dass ich vor ein paar Jahren wegen dieser Bilder entführt wurde. Du kannst von Glück reden, dass ich das Ganze überlebt habe."

„Das bin ich doch auch." Jetzt versuchte es Christine mit der verständnisvollen Taktik. „Die Tage, in denen wir nicht wussten, was mit dir passiert war, waren entsetzlich."

Vor über vier Jahren war der Hotelchef von einem Mann entführt und in einen verlassenen, feuchten Kellerraum eingesperrt und erpresst worden. Er sollte verraten, wo sich die Parer-Bilder befinden, die der Maler kurz vor seinem Tod angeblich der Mutter des Entführers geschenkt haben sollte. Kurz darauf seien die Bilder gestohlen worden und waren seither nicht mehr aufgetaucht. Auch nach der Ergreifung des Täters und der Rettung des Hotelchefs hatte die Polizei keine Beweise dafür finden können, dass die Gemälde überhaupt existierten.

Und jetzt lagen sie hier. Das mussten sie sein!

„Diese Werke werden das Herzstück der Ausstellung sein", schwärmte Wolfgang.

„Ausstellung? Welche Ausstellung?" Das könnte natürlich die Lösung von Christines Problem sein: Irgendwer veranstaltete eine Parer-Ausstellung, bei der alle Werke des Künstlers gezeigt und anschließend an zahlungskräftige Sammler verkauft würden. All die tanzenden Bauernpaare und blühenden Almen würden dann endlich aus dem Gartenhotel verschwinden und zukünftig in gut verschlossenen, klimatisierten Safes betuchter, älterer Herren aufbewahrt werden.

Eine paradiesische Vorstellung.

„Es sollen vor allem bisher unbekannte Bilder gezeigt

werden", fuhr Wolfgang fort und strahlte seine Frau an. Christine Moser stutzte. Sie kannte ihren Mann. Irgendetwas verheimlichte er ihr, das konnte sie deutlich spüren. Sie musterte ihn mit durchdringendem Blick.

„Raus mit der Sprache, was hat es mit dieser Ausstellung auf sich?"

„Du wirst das sicher großartig machen. Ich habe schon mit Alexandra und Iris gesprochen. Sie werden dich tatkräftig unterstützen."

Entgeistert starrte sie ihn an.

„Ich?"

Wolfgang rutschte unruhig auf seinem Stuhl hin und her, wich dem strengen Blick seiner Frau aus.

„Natürlich du. Du bist ein Organisationstalent. Ich habe an das Montiggler Stüble und die Blaue Stube gedacht, was meinst du?"

„Was ich meine?!" Christine funkelte ihren Mann wütend an. „Erzähl mir nicht, du willst hier im Hotel eine öffentliche Ausstellung veranstalten, die du nicht einmal selbst organisierst? Bist du noch recht bei Trost?"

„Jetzt beruhige dich doch", versuchte Wolfgang, die Situation zu retten. „Das ist Teil des Testamentes. Frau Oberlehrerin Gruber hat verfügt, dass ich die Bilder bekomme, wenn ich dafür sorge, dass sie der Öffentlichkeit in einem angemessenen Rahmen gezeigt werden."

„Dann gib sie doch jemand anderem. Wie wär´s mit einem deiner Brüder? Die haben in ihren Hotels auch genug Platz, um die Bilder angemessen zu zeigen. Ist nicht im Mai das Trainingslager der deutschen Fußball-Nationalmannschaft bei Bruno im Weinegg? Vielleicht wollen ja Jogis Jungs das eine oder andere Kunstwerk mit nach Hause nehmen?"

„Du weißt doch, dass Bruno und Franz nichts von Parer halten. Deshalb hat die Gruberin die Gemälde ja auch mir vererbt."

„Geh doch damit ins Seeschlösschen. Dort hat der komische Kauz doch schließlich gelebt."

„Christine, du weißt doch selbst, in welchem katastrophalen baulichen Zustand das Schlössl ist. Ich kann nicht verstehen, warum die Gemeinde das Gebäude nicht ordentlich saniert hat. Nur ein bisschen von außen hergerichtet, damit die Touristen zufrieden sind. Die Stromleitungen sind alle marode. Sobald man das Licht einschaltet, gibt es einen Kurzschluss."

„Tja, dann sehe ich schwarz für die Ausstellung."

Wolfgang sprang verärgert auf.

„Was soll das? Ich habe wertvolle Gemälde geerbt und will sie in meinem Hotel ausstellen. Was ist daran so schlimm? Immerhin bin ich wegen der Bilder auch schon einmal ..."

„... entführt worden, ich weiß. Und was denkst du, was passiert, wenn jetzt bekannt wird, dass es die Bilder tatsächlich gibt? Womöglich tauchen wieder irgendwelche Verbrecher auf und geben sich dann mit einer Entführung nicht mehr zufrieden."

„Ach, so ein Quatsch. Davon lasse ich mich nicht einschüchtern. Was ist denn schon dabei, die Bilder eine Woche lang auszustellen? Das ist eine einmalige Gelegenheit, Werbung für das Hotel zu machen. Du wirst sehen, es werden scharenweise Kunstliebhaber aus ganz Europa anreisen, ..."

Christine musste schmunzeln. „Warum nicht gleich aus der ganzen Welt?"

„Vielleicht auch das. Komm, tu mir den Gefallen!"

Wolfgang zwinkerte ihr einschmeichelnd zu.

„Na gut. Wir machen es."

„Du bist großartig!" Wolfgang wollte Christine euphorisch an sich drücken, doch diese hob abwehrend beide Hände.

„Halt, so einfach kommst du mir nicht davon."

Entschlossen verschränkte sie die Arme vor der Brust. „Wir können die Ausstellung hier im Hotel machen, wenn ..." Sie durchbohrte ihn mit ihrem Blick. „... wenn ich die Hälfte aller Bilder, die du hier im Hotel gesammelt hast, verkaufen darf."

5

„Endlich wieder zu Hause." Glücklich stieg Susanne Arndt aus dem Auto, streckte sich und atmete tief ein. „Riecht ihr das? Das ist Montiggl!"

„Ist gut, Mama." Der sechzehnjährige Tim sah sich verstohlen um und hoffte, dass niemand den in seinen Augen völlig unangemessenen, euphorischen Ausbruch seiner Mutter bemerkt hatte. Natürlich freute er sich auch, wieder hier zu sein, aber das war doch nichts Besonderes. Schließlich lag der inzwischen dreißigste Aufenthalt der Familie im Gartenhotel Moser vor ihnen. Seit er denken konnte, verbrachte er mit seinen Eltern und seiner älteren Schwester Lena die Ferien hier am Montiggler See. Natürlich fühlte es sich an, als würde man nach Hause kommen, aber musste man deshalb mit ausgebreiteten Armen jauchzend auf dem Parkplatz herumtanzen? Peinlich! Jürgen Arndt schossen vermutlich ähnliche Gedanken durch den Kopf wie seinem Sohn. Die beiden warfen sich vielsagende Blicke zu und begannen, das Gepäck aus dem Kofferraum zu räumen.

Es mochte sich langweilig anhören, immer im gleichen Hotel seinen Urlaub zu verbringen, doch die Familie konnte sich nichts anderes vorstellen. Sie hatte schon Heerscharen von Gästen und Mitarbeitern kennengelernt, Umbauten und Renovierungen miterlebt, kannten jedes Fleckchen des Geländes – und genossen die Vertrautheit in vollen Zügen. Bereits Wochen zuvor freuten sich alle auf die Lieblingsliege in der Sauna, auf den besten Cappuccino von Barista Hasan, das Bad im großen Montiggler See, die Abende am Lagerfeuer mit heißen Maroni und einem Glas Südtiroler Rotwein.

„Hallo, ihr Süßen!" Wie immer war auch heute Lenas erster

23

Weg zum Gehege der Alpakas. Seit vielen Jahren lebte die kleine Herde auf dem Hotelgelände, graste ab und zu zwischen den Liegen rund um den Pool und war das Highlight des Kinderprogramms.

Im Foyer herrschte rege Betriebsamkeit. Überall liefen Hotelmitarbeiter und Handwerker herum, wurden Kisten und Pakete hereingefahren, Dekomaterial und technisches Gerät herbeigeschafft. Christine Moser stand inmitten dieses Chaos', gab Anweisungen und beantwortete Fragen, während Iris, die Chef-Rezeptionistin, verzweifelt dabei war, die an- und abreisenden Gäste zu koordinieren. Ständig klingelte das Telefon, kreischende Kinder liefen umher, die Zimmermädchen bugsierten ihre voll bepackten Putzwagen durch das Getümmel.

Susanne Arndt hatte ja schon verschiedenste Szenarien am Ankunftstag erlebt, aber so ein Durcheinander hatte noch nie geherrscht.

„Hallo, Christine. Was ist denn hier los?"

„Ah, Frau Arndt. Einen Moment. Bitte hier in die Blaue Stube", dirigierte Christine eine ganze Gruppe Arbeiter mit ihren Werkzeugkisten in die richtige Richtung, bevor sie sich ihrem Stammgast widmen konnte. „Wie schön, dass Sie wieder da sind."

„Wird die Blaue Stube umgebaut?"

Christine stöhnte. „So kann man das auch nennen. Ich weiß nicht, ob ich die ganze Aktion unbeschadet überstehen werde."

„Was soll das denn werden?", wunderte sich Susanne Arndt. So kannte sie die Hotelchefin gar nicht. Christine Moser behielt sonst auch im größten Durcheinander immer den Überblick, strahlte Ruhe und Gelassenheit aus und hatte jederzeit Muße für ein kleines Pläuschchen. Jetzt hatte man allerdings den Eindruck, als sei sie einem Nervenzusammenbruch nahe.

„Ach, fragen Sie nicht! Kommen Sie, ich brauche eine kurze Pause. Trinken wir einen Kaffee. Alexandra!", rief sie einer jungen Frau zu, die ebenfalls damit beschäftigt war, das Chaos in den Griff zu bekommen. „Ich bin gleich wieder da!"

24

Die beiden suchten sich ein einigermaßen ruhiges Plätzchen in der Hotelbar und bestellten Kaffee.

„Sind Sie gerade angekommen?"

„Ja, vor einer Viertelstunde. Es ist so schön, wieder hier zu sein."

„Ich wünschte, ich könnte das auch von mir behaupten", seufzte Christine und fuhr sich mit beiden Händen über das erhitzte Gesicht. „Ehrlich gesagt wäre ich jetzt am liebsten weit weg von hier, irgendwo, wo mich keiner kennt und ich meine Ruhe hätte." Sie schielte ihr Gegenüber an und grinste. „Zum Beispiel in Pforzheim."

Susanne Arndt lachte laut auf. Die Tatsache, dass ihre Familie aus Baden und keineswegs aus Schwaben kam, war schon seit Jahren ein Running Gag, über den sich sowohl die Hotelmitarbeiter als auch die anderen Stammgäste regelmäßig amüsierten. Auch der spezielle Name der Kleinstadt, die gern auch spaßeshalber als Pfurzheim, Pforzhausen oder Pfurzenbach bezeichnet wurde, sorgte immer wieder für Heiterkeitsausbrüche.

Die Arndts nahmen es mit Humor.

„Unser Haus wäre gerade für eine Woche verfügbar. Soll ich den Nachbarn Bescheid geben?"

„Ich überlege es mir noch." Christine nippte an ihrem Kaffee und nahm sich ein Stück Melone vom Obstteller, den Hasan auf den Tisch gestellt hatte. Langsam wurde sie etwas ruhiger.

Susanne Arndt sah sie geduldig an und wartete gespannt darauf zu erfahren, was es mit den Arbeiten in der Blauen Stube auf sich hatte.

„Mein Mann hat von seiner ehemaligen Lehrerin vier Gemälde von Max Parer geerbt", begann die Hotelchefin. „Die alte Dame hat verfügt, dass die Werke zusammen mit weiteren, möglichst unbekannten Bildern ausgestellt werden sollen."

„Ach!", meinte Susanne überrascht. „Ging es nicht vor ein paar Jahren schon einmal um Bilder dieses Malers? Ist da nicht Ihr Mann …?"

„… entführt worden, richtig", fiel ihr Christine genervt ins Wort. „Ich kann das langsam nicht mehr hören. Ja, offenbar hat der Entführer von damals doch recht gehabt. Er hatte ja behauptet, seine Mutter habe angeblich mehrere Gemälde vom Künstler selbst geschenkt bekommen. Und kurz darauf seien sie gestohlen worden."

„Und? War es so?"

Susanne hatte es vor ein paar Jahren gar nicht glauben können, als sie erfahren hatte, was zwischen ihrem Sommer- und Herbstaufenthalt im Gartenhotel Moser passiert war: Entführung, Erpressung, Polizei, Verbrecherjagd.

Ihr Mann und die Kinder hatten es schade gefunden, dass sie nicht dabei gewesen waren, was man von ihr selbst nicht behaupten konnte. Die Vorstellung, gemeinsam mit einem Schwerverbrecher vom gleichen Buffet zu essen, im gleichen Pool zu baden und nebeneinander in der Sauna zu sitzen, hatte ihr auch Wochen später noch eine Gänsehaut über den Rücken gejagt.

„Keine Ahnung. Das konnte nie zweifelsfrei geklärt werden, ist mir eigentlich auch egal."

„Glauben Sie, diese Bilder aus der Erbschaft sind diejenigen, um die es damals ging?"

Susanne spürte, wie sich ein flaues Gefühl in ihrer Magengegend ausbreitete. Sie mochte keine Krimis, nicht im Fernsehen, nicht als Buch und schon gar nicht live. Was, wenn der Täter zurückkam, um sich das zu holen, was ihm seiner Meinung nach zustand? Vielleicht war er schon im Haus? Alle Farbe wich aus ihrem Gesicht.

„Frau Arndt? Ist alles in Ordnung mit Ihnen?" Christine legte ihr besorgt die Hand auf den Arm.

„Bitte entschuldigen Sie, aber ich bin nur etwas erschrocken."

„Wegen des Entführers? Da brauchen Sie sich keine Sorgen zu machen. Der sitzt sicherlich noch im Gefängnis."

Wirklich überzeugend klang das in Susannes Ohren nicht. Täuschte sie sich, oder war da ein leichtes Zittern in Christines Stimme gewesen?

Vielleicht hatte die Hotelchefin ähnliche Befürchtungen wie sie selbst. Es war doch gar nicht so unwahrscheinlich, dass durch diese Ausstellung wieder Begehrlichkeiten geweckt wurden, dass der Täter längst entlassen war oder einen

Komplizen auf die Bilder angesetzt hatte. Vielleicht sollte sie schnellstmöglich ihre Familie wieder ins Auto packen und nach Hause fahren, bevor sie noch alle in Gefahr gerieten.

6

Kunst am See
Gartenhotel Moser präsentiert nie gezeigte Kunstwerke Max
Parers

Montiggl Anlässlich des 50. Todestages Max Parers zeigt
das Gartenhotel Moser über hundert Gemälde des bekannten Südtiroler Malers in einer einzigartigen Ausstellung.
Viele der Werke, die Hotelchefin Christine Moser aus der
ganzen Region zusammengetragen hat, wurden bisher noch
nie gezeigt.
Vier Aquarelle verdienen besondere Beachtung, gelten sie
doch als die Bilder, derentwegen Hotelchef Wolfgang Moser
vor einigen Jahren entführt und mehrere Tage im Keller des
Seeschlössls gefangen gehalten worden war. Es war lange
nicht klar gewesen, ob es diese rätselhaften Gemälde
überhaupt gab, oder ob alles nur der Fantasie des
Entführers entsprungen war. Im Februar dieses Jahres hatte
Moser die Bilder schließlich von seiner ehemaligen Lehrerin
unter der Voraussetzung geerbt, sie der Öffentlichkeit zu
zeigen.
Die Ausstellung ist von Montag, 21.05. bis Sonntag,
27.05.2018 im Gartenhotel zu sehen. Der Eintritt ist frei.

7

Ich erstarre, kann es nicht glauben, lese den Artikel wieder und immer wieder. Die schwarzen Buchstaben verschwimmen vor meinen Augen.

Mir wird schwindelig.

Also doch.

Ich habe es immer gewusst.

Meine Augen füllen sich mit Tränen, mein Puls rast, meine Gedanken überschlagen sich.

Ich werde wütend, möchte schreien. Doch ich beherrsche mich, zügle meinen Zorn. All die Jahre, diese fürchterlichen Jahre, das Leid meiner Mutter und damit auch mein eigenes Leid.

Wir haben Demütigungen ertragen, Entbehrungen hinnehmen müssen, haben in Armut gelebt. Und das nur, weil uns die Bilder genommen wurden.

Aber wer? Wer hat uns in dieser eiskalten Winternacht beraubt, unsere die Zukunft zerstört, uns die Hoffnung auf ein besseres Leben genommen?

Wer?

Jetzt plötzlich sind die Gemälde da. Aufgetaucht aus dem Nichts.

Ich habe recherchiert. Eine ehemalige Lehrerin soll die Bilder all die Jahre besessen haben. Eine alte Frau hat sie in einem Schrank im Keller aufbewahrt.

Wie die Bilder dorthin kamen, weiß angeblich niemand. Die Alte hat das Geheimnis mit ins Grab genommen.

Ist es möglich, dass sie die Diebin war?

Eine Lehrerin kommt nachts zu einem Unfall, findet zwei verletzte Menschen und vier wertvolle Gemälde. Sie nimmt die Gemälde mit und lässt die Verletzten liegen?

Eigentlich unvorstellbar, doch offenbar die Wahrheit.

Ich spüre, wie meine Wut wächst. Meine Wut auf Wolfgang Moser, diesen überheblichen Geschäftemacher, der damals behauptet hatte, nichts von den Bildern zu wissen.

Ich bin sicher, er wusste Bescheid, genauso wie seine immer freundliche Gattin und all die andern engstirnigen Einheimischen. Die halten doch alle zusammen, haben mich an der Nase herumgeführt, mich auflaufen lassen. Über drei Jahre habe ich abgesessen, dabei habe ich ihm kein Haar gekrümmt.

Es hat mir so gut gefallen, wie er da vor mir kniete, wimmerte, flehte, um sein Leben bettelte. Er, der sonst immer über den Dingen stand, immer alles im Griff hatte, war plötzlich ein kleiner, ängstlicher Wurm.

Ich habe ihn viel zu gut behandelt, war zu weich, habe versagt.

Jetzt hat er meine Bilder, meinen Besitz!

Soll ich noch einmal zuschlagen? Zurückholen, was mir gehört? Aber was, wenn es wieder schief geht?

Ich will nicht noch einmal ins Gefängnis. Nie mehr!

Ich muss nachdenken, brauche einen Plan ...

8

Das Abendessen war wieder einmal großartig gewesen. Satt und glücklich saßen die Gäste an den Tischen, unterhielten sich und tranken Wein.

„Hallo und einen wunderschönen guten Abend. Wozu darf man denn gratulieren?" Ein großer, weißhaariger Mann war zu Familie Arndt an den außergewöhnlich üppig dekorierten Tisch getreten. „Habt Ihr Hochzeitstag? Geburtstag? Abschlussprüfung bestanden? Oder alles auf einmal?"

„Blauauge Völkl!", rief Jürgen Arndt erfreut, stand auf und umarmte den Mann herzlich. „Wie schön dich zu sehen. Wo ist Heide?"

Hans Völkl und seine Frau waren ebenfalls langjährige Stammgäste im Gartenhotel Moser und freuten sich immer, die Arndts zu treffen. Seit sich Hans vor einigen Jahren bei einem Treppensturz in Bozen ein blaues Auge geholt hatte, musste er mit diesem Spitznamen leben.

„Sie ist noch in der Küche, um Daniel und Max zu dem hervorragenden Menü zu beglückwünschen. Und wo sind Tim und Lena? Habt ihr sie etwa zu Hause gelassen?"

„Nein, nein, sie wollten unbedingt beide wieder mitkommen", berichtete Jürgen. „Sie sind schon lange mit dem Essen fertig und legen noch eine kleine, abendliche Schwimmrunde ein."

„Das würde mir auch nicht schaden", meinte Hans Völkl und klopfte grinsend auf seinen ansehnlichen Bauch. „Was ist denn bei euch los? Habt ihr etwas zu feiern?" Er sah fragend auf den gigantischen Blumenstrauß, den Sektkühler und das glitzernde Konfetti auf dem Tisch.

„Wir sind zum dreißigsten Mal hier im Gartenhotel und haben vorhin vom Chef die silberne Ehrennadel verliehen bekommen", erläuterte Susanne mit stolzgeschwellter Brust. „Außerdem hat Dominik extra für uns einen Spezialnachtisch serviert. So, jetzt bist du dran."

Hans Völkl verbeugte sich ehrfürchtig. „Oh, dann darf ich mich ja glücklich schätzen, so hochdekorierte Persönlichkeiten zu kennen. Darf ich euch überhaupt noch duzen?"

„Ausnahmsweise." Jürgen Arndt gab sich betont großzügig. „Willst du nicht mit einem Glas Sekt mit uns anstoßen? Ist übrigens ein Geschenk des Hauses."

„Da sage ich nicht nein."

Völkl setzte sich und nahm das Sektglas entgegen. „Auf euch und die nächsten dreißig Aufenthalte."

Lachend stießen sie miteinander an.

„Sagt mal, auf der Speisekarte steht, wir sind alle um 20:00 Uhr in die Blaue Stube eingeladen. Wisst ihr, was da los ist?", fragte er. „Die tun alle so geheimnisvoll."

Hans Völkl konnte zwar noch nicht ganz so viele Aufenthalte nachweisen, war aber normalerweise immer sehr gut darüber informiert, was im Hotel so los war. Als Wolfgang Moser vor einigen Jahren entführt worden war, war er sogar von einer älteren Dame verdächtigt worden. Mit seinem blauen Auge hatte er offensichtlich auf die Hobby-Detektivin einen gefährlichen Eindruck gemacht.

Susanne zog ungläubig die Stirn in Falten. „Sag bloß, du weißt noch nichts darüber? Du bist doch sonst immer bestens informiert."

„Tja, in diesem Fall wollte ich euch den Vortritt lassen."

„Na, vielen Dank, wie großherzig von dir", lachte Susanne. Es war tatsächlich immer ein kleiner Wettstreit zwischen den beiden Ehepaaren, wer besser informiert war oder mehr Details über das Hotelleben in Erfahrung bringen konnte.

„Jetzt mal die Karten auf den Tisch." Er sah sich vermeintlich unauffällig um und beugte sich nach vorne. „Was ist da los?"

Auch Jürgen tat geheimnisvoll und senkte die Stimme. „Es ist eine Ausstellung von Max Parer-Bildern. Moser hat vier Gemälde von seiner ehemaligen Lehrerin geerbt", wisperte er. „Angeblich sind es die Bilder, wegen derer er vor ein paar Jahren entführt wurde."

Hans Völkl riss die Augen auf „Was? Ernsthaft? Das ist ja unglaublich! Dann hat er ja damals doch etwas gewusst." „Das glaube ich nicht", erwiderte Susanne. „Ich denke, er hat erst bei der Testamentseröffnung davon erfahren." Völkl schüttelte den Kopf. „Da bin ich mir nicht so sicher." „Was tuschelt ihr denn da so geheimnisvoll?" Heide Völkl zwinkerte amüsiert in die Runde und stellte einen Teller mit Käse und ein Körbchen Brot auf den Tisch. „Wie wäre es mit einem Nachtisch nach dem Nachtisch?"

Die Arndts begrüßten sie herzlich, nahmen sich ein Stück Brot und etwas Käse und erzählten von der geplanten Ausstellung in der Blauen Stube.

„Ach, das ist ja interessant." Jetzt war es Heide, die einen geheimnisvollen Unterton anschlug. „Sagt mal, habt ihr den komischen Mann dort drüben gesehen?" Mit einer fast unmerklichen Kopfbewegung wies sie in eine Ecke des Speisesaals. „Vielleicht hat er auch etwas mit der ganzen Sache zu tun?"

An einem kleinen Tisch saß ein großer, kräftiger Mann in schwarzer Uniform. Über der Stuhllehne hing ein Gürtel mit Schlagstock, Pistolenholster und Funkgerät. Sein faltiges, wettergegerbtes Gesicht sah alles andere als freundlich aus.

„Na, dem möchte ich nicht bei Dunkelheit begegnen." Susanne schüttelte sich. „Ehrlich gesagt bin ich schon etwas beunruhigt über diese Ausstellung."

„Warum denn?", wunderte sich Heide. „Die Bilder tun dir doch nichts."

„Die Bilder nicht, aber möglicherweise der Mann, der Herrn Moser vor vier Jahren entführt hat."

„Der Entführer?", sagte Heide erschrocken. „Meinst du wirklich?"

„Also ganz wohl ist mir bei der Sache nicht."

Jürgen legte seiner Frau beschwichtigend die Hand auf den Arm. „Ach, Quatsch. Da werden ein paar kitschige Bilder ausgestellt und fertig. Das interessiert doch keinen Verbrecher."

„Immerhin wurde Herr Moser wegen dieser *paar kitschigen Bilder* entführt", gab Susanne eingeschnappt zurück.

„Wie dem auch sei." Hans sah auf die Uhr und stand auf.

„Es ist kurz vor acht. Wenn wir nichts verpassen wollen, müssen wir gehen."

Neugierig schlenderten die beiden Paare durch die Lobby, die inzwischen brechend voll war. Offenbar waren nicht nur Hotelgäste geladen, sondern auch die örtliche Prominenz aus Politik, Gesellschaft, Kirche und Kultur.

Die Blaue Stube war kaum wiederzuerkennen: alle Tische und Stühle waren verschwunden, der Boden mit roten Teppichläufern belegt. Einige Stehtische mit eleganten Hussen standen bereit. An den Wänden, auf Staffeleien und in Vitrinen hingen unterschiedlich große Aquarelle, die meisten von ihnen in hölzerne Rahmen gefasst, allesamt mit Scheinwerfern beleuchtet. Links und rechts des Eingangs standen junge Frauen und verteilten Ausstellungskataloge. Nadine und Ricarda vom Serviceteam liefen mit Tabletts voller Sektgläser durch die Menge, auf einem Tisch waren köstlich aussehende Kanapees angerichtet.

Susanne Arndt war begeistert. Allerdings interessierte sie sich mehr für die Gäste als für die ausgestellten Südtiroler Landschaften.

Wolfgang Moser trat ans Mikrofon. Neben ihm stand seine Frau, seine Assistentin Alexandra und ... der finster aussehende Uniformträger. Der hatte inzwischen den Gürtel umgelegt und seine beeindruckende Erscheinung durch eine passende Mütze und einen düsteren Gesichtsausdruck ergänzt. Er wirkte reichlich deplatziert und hätte besser in einen Actionfilm als in ein Südtiroler Hotel gepasst.

„Liebe Hotelgäste und geladene Gäste aus der ganzen Umgebung", begann Wolfgang Moser und blickte nervös in die Runde. Man merkte ihm seine Aufregung deutlich an. Es gehörte nicht gerade zu seinen Stärken, vor großem Publikum Reden zu halten. „Ich freue mich sehr, dass ich Ihnen hier im Gartenhotel Moser die *Kunst am See* präsentieren darf, die Ausstellung von über hundert Werken des Südtiroler Malers Max Parer anlässlich seines 50. Todestages."

Als sich der Applaus gelegt hatte, fuhr er fort.

„Im Mittelpunkt stehen vier Gemälde, die über fünfzig Jahre

in einem Schrank aufbewahrt worden waren. Erst eine handvoll Menschen haben sie bislang zu Gesicht bekommen. Eines davon ist ein wunderschönes Aquarell des Moserhofes, auf das ich besonders stolz bin."
Er zeigte auf das Gemälde, das einen Ehrenplatz in der Ausstellung bekommen hatte. Es hing vor einem blauen Hintergrund aus Samt, von zwei Strahlern perfekt in Szene gesetzt.
Wieder begeisterter Applaus.
„Zusätzlich hat meine Frau noch weitere, weitgehend unbekannte Werke des Künstlers zusammengetragen, was diese Ausstellung wirklich einzigartig macht. Ich möchte mich an dieser Stelle bei allen Besitzern bedanken, die uns ihre Gemälde anvertraut haben und natürlich bei Christine und Alexandra für die ganze Organisation."
Und nochmal Applaus.
„Um die Sicherheit der Kunstwerke zu gewährleisten, hat sich dankenswerterweise Generale Matteo Senti bereiterklärt, die Ausstellung Tag und Nacht zu bewachen und dabei all seine kriminalistische Erfahrung einzubringen."
Der Generale schlug die Hacken zusammen und salutierte.
„Und jetzt wünsche ich uns allen einen interessanten Abend mit künstlerischen und kulinarischen Genüssen. Danke schön."

Kurz nach Mitternacht ließ sich Christine Moser erschöpft ins Bett fallen. Die Ausstellungseröffnung war ein großer Erfolg gewesen, die ersten Interessenten für die Bilder hatten sich schon gemeldet. Das war die Vereinbarung gewesen: Sie organisierte die Ausstellung, dafür durfte sie die Hälfte der Parer-Bilder verkaufen, die Wolfgang seit Jahren im Hotel hortete.
Doch trotz des Erfolgs und der vielen positiven Rückmeldungen hatte sie noch immer ein ungutes Gefühl.
„Ich danke dir, dass du das alles so gut hinbekommen hast."
Wolfgang kam aus dem Bad, schlüpfte unter die Decke und gab seiner Frau einen Kuss. „Ohne dich hätte das alles nicht so gut geklappt."
Sie lächelte. „Ohne mich hätte das alles gar nicht statt-

gefunden."

Wolfgang gähnte herzhaft. „Da hast du natürlich vollkommen recht. War es nicht großartig, dass alle da waren? Der Bürgermeister, der Pfarrer, fast alle Eppaner Gemeinderäte und die Kalterer Bürgermeisterin. Sogar Bruno und Franz. Obwohl sie sich gar nicht für Parers Kunst interessieren."

„Deine lieben Brüder sind sicher nicht wegen der Bilder gekommen, sondern wegen der Prominenz. Sehen und gesehen werden. Du kennst sie doch."

Wolfgang verkniff sich einen Kommentar.

„Ich habe trotzdem kein gutes Gefühl dabei", fuhr Christine fort. „Was ist, wenn doch etwas passiert? Wir haben keine Versicherung."

Christine Moser hatte mit jedem einzelnen Besitzer einen Vertrag abgeschlossen, in dem geregelt war, dass sie nicht bekannt gab, wem die Bilder gehörten und dass sie für alle möglichen Schäden haftete. Trotz mehrmaliger Verhandlungen hatte sich die Versicherung geweigert, die Kunstwerke zu versichern, es sei denn, die Mosers hätten für teures Geld eine Alarmanlage installieren lassen. Und das wäre dann doch zu weit gegangen.

Ihre Alarmanlage war der pensionierte Carabiniere Matteo Senti, der sich selbst als Generale bezeichnete. Er war mit seinem privaten Waffenarsenal zum Dienst angetreten, was einerseits beruhigend, andererseits auch beängstigend war.

„War es wirklich nötig, den Generale in voller Montur vorzustellen?" Christine hatte einige erschrockene Gesichter im Publikum bemerkt. „Mein Hotel ist kein Krimischauplatz."

„Na, das wollen wir doch hoffen."

9

Im Hotel war es still.
Die letzten Gäste hatten sich verabschiedet, in der Flammenschale auf der Terrasse glimmte noch etwas Glut. Die meisten Fenster waren weit geöffnet, in der Hoffnung, die aufgeheizten Zimmer etwas abzukühlen. Ein tiefer Frieden lag über dem See, die Grillen zirpten, die Frösche quakten. Langsam schoben sich Wolken vor den leuchtenden Vollmond. Geduckt lief eine dunkle Gestalt über den Hof, verbarg sich im Schatten der Büsche, schlich weiter bis in die Tiefgarage. Lautlos öffnete sich die Tür zu *Ramus*, dem neuesten Trakt des Hotels, in dem moderne Suiten und der weitläufige Wellnessbereich untergebracht waren. Es roch nach Holz und feinen, ätherischen Ölen, doch das interessierte den Mann nicht.
Er lief durch den hübsch dekorierten Verbindungskorridor hinüber ins Haupthaus, schlich weiter, kannte sich offensichtlich aus. Als er am Eingang zum Schwimmbad vorbeikam, hielt er kurz inne und warf einen Blick auf die glatte Wasseroberfläche, in der sich hunderte kleiner Lichter widerspiegelten. Wie schön wäre es doch jetzt, in der Geborgenheit der Nacht, in das weiche, warme Wasser abzutauchen und ganz allein unter dem Sternenhimmel dahinzugleiten, die Schwere des Lebens abzustreifen und sich fallenzulassen.
Schritte auf der Treppe … ein Hüsteln …
Der Mann erschrak, versteckte sich unter der Treppe, drückte sich in die dunkle Nische, atmete flach, wartete.
Die Schritte entfernten sich wieder.
Damit hatte er nicht gerechnet. Moser hatte eine Nachtwache engagiert.

Egal – er musste es tun, heute Nacht, um jeden Preis.
Stufe um Stufe ging er hinauf ins Foyer, immer näher an den
Eingang zur Blauen Stube, wo sie auf ihn warteten.
Nach all den Jahren waren sie endlich da!
Er würde sie sich nehmen, würde nicht lange fackeln.
Niemand war zu sehen. Vorsichtig legte er seine behand-
schuhte Hand auf den Türgriff und drückte ihn vorsichtig
nach unten.
Sein Herz machte einen Satz. Es war offen!
Die Schritte kamen zurück. Schnell schlüpfte er in den
Raum hinein. Es war keine Zeit mehr, die Tür zu schließen.
Er musste auf das Schlimmste gefasst sein.
Langsam zog er die Waffe aus dem Bund seiner Hose und
drehte den Schalldämpfer fest.
Er hörte, wie der Nachtwächter vor der angelehnten Tür
stehenblieb und eine Pistole entsicherte.
Der Mann im Schatten war sich sicher: Es würde Tote
geben.
Die Tür wurde aufgeschoben und der Lauf einer Pistole
schob sich herein. Ein Mann in Uniform folgte.
Plopp! Der Schuss war kaum zu hören. Der Nachtwächter
sank zu Boden.
Und noch einmal *Plopp!*
Ohne Bedauern packte der Mann den Toten an den Armen
und zog ihn in einen dunklen Winkel.
Jetzt musste es schnell gehen.
Er ging zielstrebig auf die Bilder zu, nahm sie von der Wand
und verstaute sie sorgsam in den mitgebrachten Taschen.
Mit einem Lächeln auf den Lippen strich er über die vier
Pakete, schnürte sie zusammen und trug sie ins Foyer.
Jetzt musste er nur noch Christine und Wolfgang Moser
beseitigen, dann hatte endlich die Gerechtigkeit gesiegt.
Er nahm den Gang zurück zum *Ramus*, legte die Pakete an
der Tür zur Tiefgarage ab und stieg die Treppe hinauf, ganz
hinauf, dorthin, wo Christine und Wolfgang ahnungslos in
ihrem noblen Penthouse lagen und ihre letzten Atemzüge
taten.
Plopp! Die Wohnungstür war offen.
Ein kühles Lüftchen strömte von der Dachterrasse durch die

offene Tür herein.

Wie friedlich sah sie doch aus, wie sie da lag, nur halb mit einem Laken zugedeckt. Und daneben er, der erfolgreiche Hotelier und angebliche Kunstliebhaber.

In wenigen Sekunden würden die beiden nichts anderes sein als der Mann in seiner lächerlichen Uniform: tot! Er setzte Christine die Pistole an die Schläfe. Eigentlich schade um sie. Mit einem Lächeln auf den Lippen strich er ihr noch einmal über die rosige Wange, wickelte eine Locke ihres wunderschönen blonden Haars um seinen Finger.

„Nein!" Christine Moser schrie auf und schlug um sich. „Lass mich! Verschwinde!" Keuchend und mit weit aufgerissenen Augen saß sie im Bett. Ihr Herz raste, ihr Schlafanzug war durch und durch nass geschwitzt.

„Aua! Sag mal spinnst du?" Wolfgang hielt sich die schmerzende Nase, die angefangen hatte zu bluten. Ärgerlich fischte er ein Taschentuch aus seinem Nachttischchen und schüttelte ungläubig den Kopf. „Was ist denn los? Es ist mitten in der Nacht!" Die Leuchtanzeige seines Radioweckers zeigte 1:16 Uhr.

„Wolfgang?", stieß sie hervor.

„Na, wen hast du denn erwartet?" Er wusste nicht, ob er wütend oder besorgt sein sollte. Seine Frau sah aus, als habe sie ein Gespenst gesehen – hatte sie vermutlich auch. „Hast du geträumt?"

„Ich, da war ein Mann", schluchzte sie. „Er wollte uns töten!" Ihre Augen füllten sich mit Tränen. „Er ist über die Tiefgarage ins Hotel geschlichen und hat …" Ein schreckliches Grauen erfasste sie bei der Erinnerung an den fürchterlichen Albtraum. „Er hat den Generale erschossen!" Wolfgang zog erstaunt die Augenbrauen nach oben. „Erschossen?"

„Ja, die Pistole hatte einen Schalldämpfer." Christines Herz raste noch immer. „Dann hat er mir die Waffe an den Kopf gesetzt und wollte abdrücken. Es war so grauenhaft!" Wolfgang nahm sie beruhigend in den Arm.

„Das war nur ein Traum. Es ist alles gut."

Christine schreckte auf.

„Nichts ist gut! Du musst nachsehen, ob mit dem Generale alles in Ordnung ist." Noch immer war ihr Gesicht kalkweiß und schweißnass.

„Ach was, da ist bestimmt alles in Ordnung."

„Und wenn nicht? Bitte geh nach unten und sieh nach! Ich habe sonst keine ruhige Minute mehr."

Das schlechte Gewissen trieb den Hotelchef aus dem Bett. Wenn er gewusst hätte, wie sehr die Ausstellung seine Frau belastete, hätte er es sich vielleicht noch einmal überlegt. Er hatte nur an sich gedacht, ohne zu bemerken, unter welch enormem Druck sie offensichtlich stand.

Innerlich seufzend zog er sich seine Jeans und ein Hemd über. Als Hotelchef wollte er es nicht riskieren, in Morgenmantel und Hausschlappen gesehen zu werden. Kurz überlegte er, ob er sicherheitshalber ein Messer oder einen Hammer einstecken sollte, ließ es dann aber bleiben. Eine mögliche nächtliche Begegnung eines Gastes mit dem Chef des Hauses, der mit Messer oder Hammer bewaffnet durchs Haus schlich, wäre auch nicht gerade angenehm.

„Wolfgang?", klang die ängstliche Stimme Christines aus dem Schlafzimmer.

„Ja?"

„Pass auf dich auf!"

„Mach dir keine Sorgen. Ich bin gleich wieder da."

Das klang zugegebenermaßen zuversichtlicher als ihm zumute war. Das ständige Gerede über die Sicherheit der Bilder, die Erinnerung an die schreckliche Zeit seiner Entführung, an die endlosen Stunden in dem dunklen, feuchten Loch und schließlich der beunruhigende Albtraum seiner Frau. All das war nicht spurlos an ihm vorübergegangen. Was, wenn die Ausstellung doch irgendwelche Kriminelle auf den Plan gerufen hatte? Vielleicht hätte er sich bei der Polizei erkundigen sollen, ob sein Entführer schon wieder auf freiem Fuß war.

Er nahm sich vor, gleich am nächsten Morgen die Service-Chefin Nadine zu bitten, diesbezüglich Erkundigungen einzuholen. Ihr Freund Fabio war Carabiniere und kam sicher an die entsprechenden Informationen heran.

Wolfgang Moser trat hinaus ins Treppenhaus. Stufe für Stufe

stieg er hinunter, lauschte in die nächtliche Stille. Die dezente Nachtbeleuchtung verbreitete gedämpftes Licht, der Aufzug brummte leise, es roch nach frisch gewaschenem Teppichboden und dem Kräuterofen aus dem Wellnessbereich. Alles war wie immer – und doch beschlich ihn ein mulmiges Gefühl.

Er beschloss, zunächst die Tiefgarage zu inspizieren. Mit einem leisen Summen öffnete sich die gläserne Schiebetür. Kein Mensch war zu sehen, selbst die Autos schienen zu schlafen. Mit mehrmaligem Klacken sprangen die Neonröhren an und leuchteten jeden Winkel des Raumes aus. Das Garagentor war geschlossen, keine Einbruchspuren waren zu sehen. Wolfgang Moser durchquerte die Garage, um auch die Zufahrt auf der gegenüberliegenden Seite zu überprüfen. Einzig das Geräusch der Lampen und das Knarzen seiner Schuhe auf dem Boden waren zu hören. Er umrundete jedes Fahrzeug, spähte in jede Ecke, hinter jeden Pfosten. Nichts. Auch das andere Tor war geschlossen.

Wolfgang atmete erleichtert durch. Da war niemand durch die Tiefgarage eingebrochen. Es war einfach nur ein Traum gewesen, zugegeben ein erschreckender Traum, aber eben nur ein Traum.

Allmählich entspannte er sich etwas und machte sich auf den Weg hinüber ins Haupthaus. Im unterirdischen Verbindungskorridor war ebensowenig Auffälliges zu entdecken wie auf der Treppe nach oben.

„Generale? Sind Sie hier?", rief er leise, als er vor der Tür zur Blauen Stube stand.

Keine Antwort.

Vorsichtig drückte er die Klinke nach unten und schob die Tür einen winzigen Spalt auf. Der Generale hatte sich ein Feldbett samt kratzig-grauer Militärdecke mitgebracht, eine Ausrüstung, die so aussah – und so roch – als sei sie bereits auf dem Himalaya oder vergleichbaren Expeditionen dabei gewesen. Er hatte darauf bestanden, in der Mitte des Raumes, inmitten all der kostbaren Gemälde zu schlafen. Angeblich hatte er einen so leichten Schlaf, dass er bei der geringsten Bewegung oder dem kleinsten Geräusch aufwachen würde.

Wolfgang musste grinsen, als er jemand im Halbdunkel auf dem Feldbett liegen sah: einen großen Hügel unter der rustikalen Decke. Nur das Schnarchen fehlte ... und das Atmen.

Gebannt starrte er auf das Bündel. Nichts bewegte sich, keine Atemgeräusche waren zu hören. Lebte der Generale überhaupt noch? Eine Woge der Angst durchströmte ihn. Womöglich hatte Christine keinen Traum gehabt, sondern eine Vorsehung, eine Ahnung, eine ...

Plötzlich zuckte er zusammen. Jede Faser seines Körpers war angespannt. Schweiß rann ihm über den Rücken.

Er spürte den eiskalten Lauf einer Pistole im Nacken.

10

Alexandra war müde. Der gestrige Tag war lang und aufregend gewesen, die Nacht umso kürzer. Eigentlich hätte sie um 19:00 Uhr Feierabend gehabt, aber sie wollte die Chefin nicht bei der Ausstellungseröffnung hängen lassen. Schließlich hatten sie beide viele Wochen Arbeit in die Vorbereitungen gesteckt. Zum Glück hatte sie, wie einige ihrer Kollegen auch, ein Zimmer in Wolfgang Mosers Elternhaus in Montiggl, das seit einigen Jahren als Personalwohnheim diente und gerade einmal einen knappen Kilometer vom Hotel entfernt lag.

Es war 9:00 Uhr, als sie den Computer im Büro hochfuhr und den Terminkalender aufrief. Das wohlbekannte Klappern der Teller und Murmeln der Gäste am Frühstücksbuffet waren zu hören.

Seltsam. Normalerweise war Christine um diese Uhrzeit schon hier, sah in der Küche nach dem Rechten, plauderte mit den Gästen.

Doch heute war niemand da, niemand außer ihr.

Der Generale!

Er musste hier sein. Schließlich war er für die Bewachung der Bilder zuständig *mit all seiner kriminalistischen Erfahrung*, wie Wolfgang gestern erläutert hatte. Alexandra musste grinsen. Sie wusste nicht, ob sie diesen Möchtegern-Rambo ernst nehmen konnte. Wie er gestern Abend da stand in seiner Uniform mit all den wichtigen Dingen am Gürtel.

Auf der anderen Seite war er ihr auch etwas unheimlich. Wer weiß, wie schnell er seine Waffe zücken konnte? Wenn sie im Hotel wohnen würde, würde sie es jedenfalls nicht riskieren, in der Nacht das Zimmer zu verlassen.

Neugierig linste sie hinüber zur Blauen Stube.

Die Tür war geschlossen.

Sollte sie vorsichtig hineinschauen, ob der Generale schlief? Ihre Nackenhaare sträubten sich. Wahrscheinlich würde er sie zurechtweisen, oder ihr gar mit seinem Schlagstock eine verpassen.

Nein. Sollte er doch kommen, wenn er wach war.

Alexandra setzte sich vor den Computer und begann, die Rechnungen für die Gäste auszudrucken, die heute abreisen wollten.

9:15 Uhr und noch immer war keine Christine da.

Wolfgang schlief gern etwas länger, aber Christine doch nicht. Langsam machte sich Alexandra Sorgen, wurde unruhig, schlich noch einmal an die Tür zur Blauen Stube und lauschte.

Plötzlich spürte sie eine Hand auf ihrer Schulter. Schlagartig gefror ihr das Blut in den Adern. Sie schrie laut auf und fuhr herum.

„Christine! Du bist das!", keuchte sie erleichtert.

„Entschuldige, ich wollte dich nicht erschrecken."

Die Hotelchefin rang sich mühsam ein Lächeln ab, wurde aber schnell wieder ernst. Sie sah furchtbar aus, war blass, hatte dunkle Ringe unter den Augen und Sorgenfalten auf der Stirn.

„Um Gottes Willen, was ist denn passiert?", rief Alexandra besorgt. So hatte sie die Chefin noch nie gesehen. „Hast du schlecht geschlafen?"

„Das kann man wohl sagen. Ich hatte einen schrecklichen Albtraum." Sie fuhr sich mit beiden Händen über das Gesicht. „Ich habe geträumt, dass ein Mann die Bilder gestohlen und den Generale erschossen hat."

Alexandra erschrak. „Was? Das ist ja entsetzlich!"

„Und dann wollte der Kerl mich umbringen", erzählte Christine mit tränenerstickter Stimme. „Ich habe Wolfgang gebeten nachzusehen, ob alles in Ordnung ist."

„Und?"

„Er ist nicht mehr zurückgekommen. Als ich vorhin aufgewacht bin, war er nicht da", schluchzte Christine und nahm Alexandras Hand. „Ich habe solche Angst, dass ihm was passiert ist, dass der Entführer wieder zurückgekommen ist."

Das hörte sich wirklich nicht gut an.

„Es wird sich schon alles aufklären. Komm, wir fragen den Generale, ob er Wolfgang gesehen hat."

Sie nahm ihren Mut zusammen und klopfte leise an die Tür zur Blauen Stube.

Nichts.

Sie klopfte etwas fester.

Wieder nichts.

Vorsichtig öffnete sie die Tür und lugte hinein.

Alles war noch dunkel, die Vorhänge zugezogen. Im fahlen Lichtschein, der durch die Tür hereinfiel, sah es so aus, als läge jemand unter der Decke auf dem Feldbett.

„Generale?"

Keine Reaktion, keine Bewegung.

„Generale?" Diesmal rief sie etwas lauter. Ohne Erfolg.

Die beiden Frauen sahen sich an. Christines Lippen zitterten. Es war ihr anzusehen, dass sie sich gerade schreckliche Szenarien ausmalte.

Alexandra schloss die Tür.

Auch ihr klopfte das Herz bis zum Hals. Sie fühlte sich überfordert. Wolfgang war verschwunden, der Generale bewegte sich nicht. Sie brauchten Unterstützung.

„Bleib hier, ich hole Besar aus der Küche", flüsterte sie Christine zu und sprintete los.

Zwei Minuten später versuchte der Koch sein Glück.

„Generale! Wachen Sie auf!"

Das Bündel auf dem Feldbett rührte sich nicht.

„Generale! Haben Sie Herrn Moser gesehen?"

Es blieb weiterhin ruhig.

Besar zuckte mit den Schultern und schaltete kurzerhand das Licht an.

Christine ließ den Blick über die Bilder schweifen. Es waren noch alle da. Niemand hatte etwas gestohlen, nichts war kaputt. Da war kein Blutfleck auf dem Boden, keine blutige Schleifspur.

Aber was war mit dem Generale?

Das Licht im Raum schien ihn nicht im Geringsten zu stören, er schlief offensichtlich wie ein Stein – und das, obwohl er versichert hatte, jederzeit wachsam zu sein.

Lebte er überhaupt noch?

Mutig trat Besar auf das Feldbett zu und stutzte.

„Das gibt's doch nicht!"

Er packte die Decke und zog sie mit einem Schwung weg. Zum Vorschein kam kein schlafender oder gar toter Wachmann, sondern … ein zusammengeknüllter Haufen Kleidungsstücke.

Fassungslos starrten die drei auf die Hosen und Hemden, die Pullis und Socken.

Besar konnte sich ein Lachen nicht verkneifen. „Da hat uns der Mann ganz schön an der Nase herumgeführt, was?"

Christine war dagegen nicht zum Lachen zumute. „Aber wo ist er? Und wo ist Wolfgang?"

„Wir müssen das Haus durchsuchen", entschied Besar. „Ich hole Daniel und die anderen aus der Küche. Wir werden die beiden schon finden. Mach dir keine Sorgen."

Das Küchenteam ließ alles liegen und stehen und schwärmte unter den verwunderten Blicken der ersten hungrigen Gäste aus, um die Vermissten zu suchen.

Alexandra und Christine begannen in der Hotelbar.

„Schau mal. Kann es sein, dass unser Julian gestern Abend nicht richtig aufgeräumt hat?" Alexandra zeigte auf zwei Grappagläser und eine halbvolle Flasche, die auf dem ansonsten sauber glänzenden Tresen standen.

„Das kann ich mir nicht vorstellen", meinte Christine. Es war bekannt, dass der Barmann großen Wert auf Sauberkeit und Ordnung legte. Ungespülte Gläser und eine Grappaflasche auf dem Tresen passten so gar nicht zu ihm.

Da kam Christine ein Verdacht.

Sie atmete tief ein, zog die Augenbrauen zu einer steilen Falte zusammen und packte Alexandra am Ärmel.

„Komm mit! Ich weiß, wo die beiden sind!"

Mit zackigen Schritten lief sie durch die Lobby, die Treppe nach unten in Richtung Kinderparadies.

Alexandra stolperte fragend hinterher.

„Denkst du, sie spielen in der Ritterburg?"

Christine blieb vor dem Eingang zum *Red Stone* Weinkeller stehen.

„Ich befürchte eher, sie spielen hier drin."

Und tatsächlich standen auch hier mehrere benutzte Gläser und vier leere Weinflaschen auf dem großen Stehtisch.

Inzwischen war Christines Angst unübersehbar einer gewissen Wut gewichen. „Na warte!"

Im Ruheraum des Wellnessbereiches vom *Ramus* fanden sie die Männer schließlich, friedlich schnarchend, in kuschelige Decken gewickelt. Der sonst in diesem Raum übliche zarte Duft nach Lavendel wurde von einem strengen Geruch nach Alkohol überlagert.

Voller Zorn holte Christine einen Krug kaltes Wasser, zog ihrem Mann die Decke weg und schüttete ihm das Wasser ins Gesicht.

„Ahhh!", schrie er und sprang auf. „Was soll das?"

„Das müsste ich dich fragen!", kreischte Christine außer sich. „Ich habe Panik, dass du wieder entführt oder sogar tot bist und du liegst hier und schläfst seelenruhig deinen Rausch aus? Schämst du dich gar nicht?!"

Auch der Generale war aufgeschreckt. Mit seinem zerknitterten Gesicht und den dünnen, zerzausten Haaren sah er nicht sehr respekteinflößend aus.

„Und für Sie gilt das Gleiche! Sie haben versprochen, auf die Bilder aufzupassen! Ich hoffe, dass noch keine Gäste hier waren und euch so gesehen haben. "

Alexandra grinste in sich hinein, zog sich dezent zurück und beschloss, den anderen Bescheid zu geben, dass sie den Chef gefunden hatten.

Noch auf halbem Weg zurück ins Haupthaus hörte sie Christines Stimme.

„ … niemand davon erfährt … peinlich … unter die Dusche …!"

11

Am Nachmittag füllte sich die Blaue Stube zusehends. Ein Auto nach dem anderen fuhr auf den Parkplatz, die Terrasse war voll besetzt.

Wolfgang Moser stand glücklich inmitten aller Leute und strahlte über das ganze Gesicht.

So hatte er sich das vorgestellt.

Heerscharen von Parer-Begeisterten strömten in die Ausstellung, betrachteten all die Kunstwerke und nahmen sich einen Katalog, um sich bei Kaffee und Kuchen ihr Lieblingsbild auszusuchen.

Ein voller Erfolg!

Am liebsten hätte er zwar alle seine Parer-Werke behalten, aber wenn er ehrlich war, hatte Christine schon recht gehabt.

Er konnte die vielen Bilder, die er im Laufe der Jahre gesammelt hatte, gar nicht im Hotel aufhängen.

Das wunderschöne Aquarell vom Moserhof war das Prunkstück der Ausstellung. Stolz beobachtete er, wie die Besucher das Bild bewunderten, um dann mit Bedauern festzustellen, dass es nicht zu verkaufen war.

Es würde einen Ehrenplatz in der Parer-Stube erhalten. Er hatte schon Tischkärtchen und Servietten mit dem Motiv in Auftrag gegeben. Vielleicht konnte es sein Grafiker auch im neuen Hotelprospekt unterbringen.

Es kamen viele Besucher, die er kannte, Freunde und Verwandte, Hotelgäste und Nachbarn, aber auch eine Menge fremder Menschen. Den verschiedenen Sprachen nach zu urteilen, war halb Europa vertreten.

Wolfgang Moser nahm sich vor, Alexandra noch einmal explizit für ihre Öffentlichkeits- und Pressearbeit zu danken. Das hat sie wirklich großartig gemacht.

Nach dem unschönen Start in diesen Tag hat sich doch alles

zum Besten gewandt – fast alles. Service-Chefin Nadine hat über Fabio erfahren, dass Bernd Hofmann, der Entführer von damals, wieder auf freiem Fuß war und zu allem Überfluss auch noch in der Nähe von Meran lebte. Er war zu dreieinhalb Jahren Haft verurteilt worden, die er in Bozen verbüßt hatte. Seine Frau Heike war von Innsbruck nach Südtirol gezogen, um ihren Mann regelmäßig besuchen zu können. Wenn Wolfgang ganz ehrlich zu sich selbst war, hatte ihn Christines Traum schon ziemlich beunruhigt. Auch der kalte Lauf einer Pistole im Nacken hatte ihm ordentlich Angst eingejagt, auch wenn sich herausstellte, dass ihn der Generale nur ein bisschen hatte erschrecken wollen. Auf diesen Schock hin mussten sie ganz dringend den einen oder anderen Schluck *Cynar Spritz* trinken – so unter Männern. Trotzdem blieb ein ungutes Gefühl.

Die Erinnerung an die fürchterlichen Stunden in dem stockfinsteren, feuchten Keller kam immer wieder hoch. Vielleicht sollte er bei der Polizei nachfragen, ob er nicht ein Recht auf Personenschutz hatte. Allerdings war der Gedanke daran, dass neben dem Generale noch weitere Uniformierte in seinem Hotel präsent wären, auch nicht verlockend. Das würde die Gäste und Ausstellungsbesucher nur verunsichern. Es musste ohne Polizei gehen.

„Guten Tag, Herr Moser." Dr. Eugen Wollberg war unbemerkt neben ihn getreten. „Wie ich sehe, läuft die Ausstellung ganz gut."

„Herr Wollberg!" Wolfgang Moser war überrascht, den Notar hier zu sehen. „Ich wusste nicht, dass Sie sich für Parers Gemälde interessieren."

„Mein Interesse ist rein beruflicher Natur." Mit ernster Miene sah er sich um. „Ich bin hier, um die Auflagen zu überprüfen. Sie wissen ja bereits, dass Sie das Erbe nur dann antreten dürfen, wenn Sie Parers Werke adäquat der Öffentlichkeit präsentieren."

„Und? Ist diese Ausstellung adäquat?" Das steife Gehabe des Notars ging Wolfgang auf die Nerven. Er fragte sich, ob Wollberg überhaupt in der Lage war, sich locker und ungezwungen zu unterhalten. Jedes Wort klang so, als sei es von irgendeinem Formular oder Gesetzestext abgelesen.

„Ja, das ist sie." Er holte eine graue Mappe aus seiner Aktentasche, legte sie auf einen der Stehtische und klappte sie auf. „Bitte unterschreiben Sie hier."

Wolfgang hatte keine Lust, das dicht beschriebene Formular Wort für Wort durchzulesen. Er verließ sich darauf, dass alles seine Richtigkeit hatte und setzte seine Unterschrift darunter.

„Vielen Dank. Sie erhalten in den nächsten Tagen eine Kopie des Schreibens. Hiermit ist das Verfahren abgeschlossen. Haben Sie noch Fragen?"

„Nein, ich denke nicht. Vielen Dank. Darf ich Ihnen noch einen Kaffee auf Kosten des Hauses anbieten?"

„Nein, danke. Ich wünsche Ihnen noch einen schönen Tag. Auf Wiedersehen."

Wollberg packte die Mappe wieder ein, nickte dem Hotelchef förmlich zu und ging.

Wolfgang Moser schüttelte den Kopf und wandte sich wieder den Ausstellungsbesuchern zu.

Kurz darauf bemerkte er, wie das Gemurmel im Raum allmählich verstummte. Erstaunt sah er sich um. Alle Augen waren auf eine Frau gerichtet, die eben hereingekommen war.

Nur mit Mühe konnte er einen Pfiff unterdrücken. Die junge Frau, die da vor ihm stand, sah aus wie eine Hollywood-Schönheit bei den Filmfestspielen in Venedig. Der Ausschnitt ihres hautengen, blau schimmernden Kleidchens setzte ihre üppige Oberweite perfekt in Szene. Es endete bereits weit oberhalb der Knie und lenkte die Blicke auf die unglaublich langen Beine und die ebenfalls blau schimmernden, hochhackigen Pumps.

„Buongiorno", hauchte sie mit rauer, erotischer Stimme, strich sich durch ihr langes, schwarzes Haar und lächelte in die Runde.

Der Hotelchef räusperte sich. „Buongiorno, signora", begrüßte er die fremde Schönheit mit belegter Stimme. „Mein Name ist Wolfgang Moser. Ich bin hier der Hausherr. Willkommen bei unserer Ausstellung."

„Grazie."

Die Dame stöckelte an ihm vorbei, nickte den anderen Besuchern zu und ließ den Blick über die ausgestellten Gemälde gleiten.

Wolfgang Moser war irritiert. So wunderschön die Frau auch anzusehen war, so wenig passte sie hierher. Er hätte eine solche Erscheinung eher in einer Kunstausstellung in Mailand oder Florenz vermutet, aber doch nicht hier in Montiggl, in einer Ausstellung mit Werken eines Südtiroler Malers. Er zögerte, überlegte, die Dame noch einmal anzusprechen, seine Hilfe anzubieten, aber welche Art Hilfe könnte er ihr schon beim Betrachten der Bilder bieten? Er ärgerte sich ein wenig über sich selbst, darüber, dass ihn diese Frau allein durch ihre Kleidung und ihr Auftreten so verunsicherte.

„Du kannst deinen Mund ruhig wieder zumachen." Christine sah ihn amüsiert von der Seite an. „Kennst du sie?"

„Nein, keine Ahnung, sie war auf einmal da."

„Und hat euch Männer alle schon um den Finger gewickelt, was?" Sie schmunzelte. Vielleicht sollte sie ihr Dirndl gelegentlich mal gegen ein solches Prunkstück eintauschen und mit dunkelroten Lippen, offenem Haar und High Heels durch den Speisesaal stolzieren.

„Glaubst du, sie interessiert sich tatsächlich für Parers Bilder?"

Wolfgang zuckte mit den Schultern. „Das habe ich mich auch schon gefragt. Sie passt irgendwie nicht hierher, aber vielleicht ist sie ja Kunstsammlerin."

„Mir ist die Dame nicht ganz geheuer", gab Christine zu und beobachtete misstrauisch, wie die Fremde durch die Reihen der Gemälde flanierte und dabei vor allem die männlichen Besucher immer wieder mit einem anzüglichen Lächeln bedachte.

„Ach, du siehst Gespenster. Ich glaube, dein Traum steckt dir noch in den Knochen. Die Ausstellung ist ein voller Erfolg. Es sind mehr Leute da als wir erwartet haben. Komm, wir setzen uns für ein paar Minuten in den Garten und trinken einen Kaffee oder ein Red Bull." Er hakte seine Frau unter und zog sie in Richtung Foyer. Kaum waren sie in der Lobby angekommen, hörten sie einen spitzen Schrei.

„Das darf doch nicht wahr sein!"

Sie sahen sich erschrocken an und liefen zurück in die Blaue Stube. Um das Bild mit dem Moserhof hatte sich eine Menschentraube gebildet, in deren Mitte die schick gekleidete Dame stand und mit hochrotem Kopf auf das Gemälde zeigte.

„Das ist es! Das ist eines der Bilder, die meiner Mutter gestohlen wurden!", rief sie aufgeregt.

Wolfgang und Christine bahnten sich einen Weg durch die Menge.

„Was ist denn passiert?", fragte der Hotelchef besorgt.

„Herr Moser! Sehen Sie her! Ich bin ganz sicher, dass es sich bei diesem Bild um eines der Werke handelt, die meiner Mutter vor vielen Jahren gestohlen wurden."

Sie sah sich um und wies auf die anderen drei Gemälde aus Aloisia Grubers Nachlass. „Hier, das sind die anderen. Ich bin mir ganz sicher!"

„Gestohlen? Aber nein, Sie müssen da etwas verwechseln", versuchte der Hotelchef die aufgebrachte Dame zu beschwichtigen.

„Woher haben Sie diese Werke?" Langsam wich die Freundlichkeit aus ihrer Stimme.

„Ich bitte Sie. Was soll das denn? Das sind meine eigenen Bilder. Sie bringen da sicher etwas durcheinander." Noch immer bemühte sich Wolfgang um Gelassenheit, was ihm aber zunehmend schwerfiel.

Die Frau funkelte ihn wütend an. „Wie kommen Sie dazu, diese Kunstwerke hier auszustellen? Das ist Hehlerware! Polizei! Wir brauchen die Polizei!"

„Wie bitte?" Jetzt verstand Wolfgang Moser gar nichts mehr. „Hehlerware? Polizei?"

„Sie müssen mir die Werke sofort aushändigen!"

„Bitte beruhigen Sie sich", mischte sich jetzt Christine ein. „Was macht Sie denn so sicher, dass es sich um die Gemälde Ihrer Mutter handelt?"

„Meine ganze Kindheit lang hingen diese Bilder bei uns im Wohnzimmer. Ich kenne jeden Pinselstrich."

„Aber es ist doch allgemein bekannt, dass Parer das gleiche Motiv immer wieder gemalt hat. Womöglich sehen diese

Bilder denen Ihrer Mutter einfach nur ähnlich?"
„Es sind die, die uns gestohlen wurden! Ich erkenne sie am Rahmen! Es ist auch allgemein bekannt, dass Parer die Rahmen handgefertigt hat. Und jetzt geben Sie mir sofort die Bilder zurück!"
„Was fällt Ihnen ein? Ich gebe Ihnen gar nichts zurück." Der Hotelchef war noch immer völlig perplex. „Ich habe die Werke rechtmäßig geerbt."
„Geerbt!", höhnte die Frau und wurde sofort wieder ernst. „Die Kunstwerke sind Diebesgut!"
Jetzt ging Wolfgangs Geduld zu Ende. Er musste sich in seinem eigenen Haus von einer fremden Person nicht als Dieb bezeichnen lassen.
„Jetzt hören Sie mir mal zu!" Er baute sich vor der Frau auf und sah mit strenger Miene auf sie herab. „Sie sind in meinem Haus, in meiner Ausstellung, vor meinen Bildern. Ich lasse mir solche Anschuldigungen nicht gefallen."
„Was ist hier los?" Ein Raunen ging durch die Menge, als der Generale heranstürmte. Er stellte sich breitbeinig hin und war in Begriff, seine Waffe zu zücken.
„Das ist ein Verbrecher", rief die Dame außer sich. „Er hat die Bilder gestohlen!"
„Alles in Ordnung, Generale", beschwichtigte der Hotelchef den übereifrigen Mann. „Die Dame möchte gerade gehen. Bitte begleiten Sie sie doch nach draußen."
Der Generale nickte und packte die Frau am Arm, doch sie riss sich wieder los.
„Ich komme wieder, verlassen Sie sich darauf!"

12

Am nächsten Morgen hatte Christine Moser den kleinen Eklat vom Vortag beinahe schon vergessen. Bereits am frühen Vormittag war die Ausstellung in der Blauen Stube gut besucht. Auf dem einen oder anderen Werk hing schon ein kleiner Aufkleber: *verkauft*

„Denkst du, diese Dame von gestern kommt wieder?", fragte Alexandra ihre Chefin, als es gegen Mittag etwas ruhiger geworden war.

„Ich hoffe nicht." Christine seufzte tief. „Es ist doch wirklich unglaublich, was es für Leute gibt. Kommt aufgetakelt hereinspaziert und behauptet, die Bilder seien Diebesgut. Das klingt wie in einem schlechten Vorabendkrimi."

„Was sagt Wolfgang dazu?"

„Ach", Christine winkte ab, „der tut so, als sei nichts gewesen. Ich sage dir, ich mache drei Kreuze, wenn diese unselige Ausstellung vorbei ist, alle Bilder wieder unversehrt bei ihren Besitzern sind und unser übereifriger Generale daheim sitzt und seine Pistolen sortiert."

Alexandra lachte und klopfte Christine aufmunternd auf die Schulter. „Das schaffen wir schon. Auf jeden Fall ist die Ausstellung gute Werbung für das Hotel. Wir haben jetzt schon deutlich mehr Umsatz im Restaurant und schon einige Zimmerbuchungen mehr als sonst um diese Zeit."

„Dein Wort in Gottes Ohr." Christine war wenig überzeugt. „Jetzt möchte ich mal für eine Stunde etwas anderes sehen als Südtiroler Motive. Die Lieferung aus der Gärtnerei ist gekommen. Bis später."

Christine liebte es, die unzähligen Vasen und Väschen in der Lobby und im Speisesaal mit frischen Blumen zu bestücken. Meditativ schob sie dabei einen voll beladenen Servierwagen vor sich her, nahm die vertrockneten Blumen heraus und stellte neue Arrangements zusammen.

„Hallo, Christine", grüßte Susanne Arndt fröhlich. „Werden Sie gar nicht in der Ausstellung gebraucht?" So gern Christine auch mit den Gästen plauderte, in diesem Moment wäre sie lieber mit ihren Blumen allein gewesen. Aber sie wollte nicht unhöflich sein. „Ehrlich gesagt habe ich mir mal eine Auszeit genommen. Man wird ja sonst verrückt zwischen all den kitschigen Motiven", raunte sie hinter vorgehaltener Hand.

„... die aber augenscheinlich sehr gut ankommen", grinste Susanne Arndt. „Ich hätte nie damit gerechnet, dass sich so viele Leute dafür interessieren."

„Ich ehrlich gesagt auch nicht."

„Vielleicht liegt es ja doch daran, dass die Erbschaft so viel Aufsehen erregt hat." Jetzt senkte auch Susanne Arndt die Stimme. „Und die Vermutung, dass die Bilder etwas mit der Entführung Ihres Mannes zu tun haben", fügte sie hinzu.

Christine schüttelte den Kopf. „Ach, ich bin froh, wenn das ganze Spektakel vorbei ist."

„Was war denn gestern los? Lena hat gesehen, wie der Generale eine überaus schicke Dame vor die Tür gesetzt hat."

„Das war gar nichts", wich Christine aus. Sie wollte sich einfach nur in Ruhe mit den Blumen beschäftigen und nicht schon wieder über die unangenehme Szene sprechen. „Und Sie? Was haben Sie vor?"

„Ich fahre mit Lena nach Meran zum Shoppen. Die Männer wollen eine Bergtour machen." Susanne hatte den Wink mit dem Zaunpfahl verstanden. „Na dann viel Spaß."

Bereits wenige Minuten später wurde die Ruhe erneut unterbrochen. Diesmal von dem durchdringenden Geräusch eines Martinshorns.

Verwundert wischte sich Christine die Hände an einem Tuch ab und eilte nach draußen. Ein dunkler Audi mit einem Blaulicht auf dem Dach raste in den Hof und blieb mit quietschenden Reifen direkt vor der Eingangstür stehen. Die Türen wurden aufgerissen und zwei Männer in Jeans, Sakko und Sonnenbrille stiegen aus, gefolgt von der Schönheit im

blauen Kleid – diesmal allerdings im lindgrünen Kostüm.
„Frau Moser, wie schön, dass ich Sie gleich treffe", flötete
die Unbekannte betont freundlich. Die beiden Männer
standen wie Leibwächter hinter ihr. „Ich hatte ja gestern
bereits angedeutet, dass ich wiederkommen werde." Sie
lächelte triumphierend. „Hier bin ich."
Einer der Männer griff in die Innentasche seiner Jacke und
zog einen Ausweis hervor. „Ispettore Bellini, das ist mein
Kollege Ispettore di Rosa von der Bozner Polizei. Signora
Pirner hat uns darauf hingewiesen, dass Sie möglicherweise
gestohlene Bilder ausstellen. Wir sind angewiesen, die in
Frage kommenden Werke zur eingehenden Prüfung mit in
die Questura zu nehmen."
„Wie bitte?" Christine glaubte, sich verhört zu haben. „Sie
wollen was?"
„Sie haben den Ispettore schon richtig verstanden. Wir
nehmen die Bilder jetzt mit." Die Dunkelhaarige, die ihr
soeben als Signora Pirner vorgestellt worden war, nickte
überheblich und schob sich an ihr vorbei. „Folgen Sie mir,
meine Herren."
„Moment!" Christine stellte sich ihnen resolut in den Weg.
„Hier nimmt niemand etwas mit – schon gar nicht unsere
Bilder!"
„Wer will die Bilder mitnehmen?" Wolfgang Moser war
soeben aus der Tiefgarage über den Hof gekommen und
stellte sich neben seine Frau. Als er Signora Pirner erkannte,
runzelte er skeptisch die Stirn.
„Ah, da ist ja auch der Chef persönlich. Nachdem Sie
gestern so uneinsichtig waren, war ich leider gezwungen, die
Sache den Behörden zu melden. Die beiden Beamten hier
haben einen Beschluss von der Staatsanwaltschaft und
beschlagnahmen mein Eigentum."
Wolfgang schnappte nach Luft. „Sie beschlagnahmen *Ihr*
Eigentum? Das ist doch wohl ein Witz?"
„Polizei Bozen, Ispettore Bellini." Der Polizist zeigte noch
einmal seinen Dienstausweis. „Wir müssen davon aus-
gehen, dass Sie Hehlerware in Ihrem Haus ausstellen." Er
reichte dem Hotelchef ein Schreiben. „Hier ist die
Anweisung des Staatsanwaltes, die Kunstwerke vorläufig zu

beschlagnahmen. Und jetzt lassen Sie uns bitte unsere Arbeit machen!"

Wolfgang Moser nahm das Dokument entgegen und starrte fassungslos den Männern hinterher, die mit einem Stapel Decken und Tüchern bewaffnet ins Hotel marschierten – Signora Pirner hoch erhobenen Hauptes hinterher.

„Das können die doch nicht machen." Auch Christine war völlig perplex. „Zeig mal her." Sie nahm Wolfgang das Papier aus der Hand.

„Das ist ungeheuerlich! Schau mal, was da steht. Es besteht angeblich der begründete Verdacht, dass wir wissentlich gestohlene Ware an uns genommen und der Öffentlichkeit präsentiert haben. Wenn sich der Verdacht bestätigt, müssen wir mit einer Anklage rechnen. So ein Blödsinn! Du hast die Bilder rechtmäßig geerbt! Du kannst doch nicht wissen, woher die Gruberin die Bilder hatte." Christine schäumte vor Wut.

„Das ist sicher ein Missverständnis." Wolfgang wusste nicht, was ihn mehr beunruhigte: die Polizisten, die gerade dabei waren, seine Schmuckstücke abzutransportieren oder der Wutausbruch seiner Frau. Er wusste aus leidvoller Erfahrung, dass mit Christine in einem solchen Fall nicht zu spaßen war.

„Missverständnis?" Sie hielt ihm schnaubend das Papier unter die Nase. „Das ist doch kein Missverständnis, das ist Schikane! Wer weiß, was die Lady den schmucken Carabinieri versprochen hat. Sonst mahlen die Mühlen der Bürokratie doch auch in Zeitlupentempo. Und jetzt kommen die innerhalb eines Tages mit so einer Verfügung? Ich habe viel Zeit und Energie in diese Ausstellung gesteckt, die lasse ich mir nicht von zwei Sonnenbrillenträgern kaputt machen."

Sie stürmte in die Blaue Stube, ignorierte die fragenden und zum Teil ängstlichen Blicke der Gäste und sah zu ihrem Entsetzen, dass bereits die ersten Bilder abgehängt und verpackt worden waren. Einer der Polizisten wollte gerade das erste Paket an ihr vorbei nach draußen tragen.

„Halt! Das können Sie nicht machen! Die Bilder bleiben hier!", rief sie mit fester Stimme und nahm dem verblüfften

Mann das Paket ab. „Ich kann nicht glauben, dass das alles rechtens ist."

„Natürlich ist es nicht rechtens, gestohlene Gemälde zu besitzen", giftete Signora Pirner zurück. Die beiden Frauen standen sich nun ganz nah gegenüber und schienen sich mit Blicken töten zu wollen.

„Diese Bilder sind nicht gestohlen. Sie bleiben hier!"

„Und wenn Sie mich noch so böse ansehen, Sie werden sich nicht gegen die gesetzlichen Bestimmungen wehren können."

Jetzt mischte sich Ispettore Bellini in den Streit ein. „Frau Moser. Ich muss Sie darauf hinweisen, dass Sie sich der Entscheidung der Staatsanwaltschaft zu fügen haben. Wenn nicht, wird das rechtliche Konsequenzen haben."

„Ich werde mich ganz sicher nicht fügen!"

Inzwischen standen unzählige Hotelgäste, Ausstellungsbesucher und Mitarbeiter neugierig um das Grüppchen herum.

„Ich glaube, es hat wenig Sinn, mit den Leuten zu streiten", versuchte Wolfgang die Situation zu entschärfen. „Wir rufen unseren Anwalt an und besprechen die Sache mit ihm, dann kommt schon alles wieder in Ordnung."

Während des Streits hatte Ispettore di Rosa ein Gemälde nach dem anderen ins Auto verladen.

„Ich werde mich über Sie beschweren! Geben Sie mir sofort Ihre Dienstnummer und den Namen Ihres Vorgesetzten."

Christine war nicht zu bremsen.

Ispettore Bellini griff mit unbewegter Miene an seinen Gürtel, nahm die Handschellen und legte sie Christine Moser um die Handgelenke.

„Ich verhafte Sie wegen Widerstands gegen die Staatsgewalt. Ihr Anwalt kann sich gern bei uns melden. Gehen wir!"

13

Mit offenem Mund starrte Wolfgang Moser dem Auto hinterher und konnte es nicht fassen. Die Polizei hatte nicht nur mehrere seiner Parer-Gemälde mitgenommen, sondern auch seine Frau. Sicher, Christine war nicht gerade diplomatisch vorgegangen, aber sie deshalb gleich wie eine Schwerverbrecherin abzuführen?

Das ging eindeutig zu weit.

Auch Alexandra, Nadine und Iris standen schockiert im Hof und konnten nicht glauben, was sich da eben abgespielt hatte.

„Ich fasse es nicht. Die haben einfach Christine verhaftet", murmelte Alexandra ungläubig vor sich hin.

„Und acht Bilder eingepackt", ergänzte Iris tonlos.

Wolfgang erwachte aus seiner Lethargie. „Acht Bilder? Wieso acht?"

Die Chef-Rezeptionistin zuckte mit den Schultern. „Keine Ahnung. Sie haben zuerst die vier Bilder von Frau Gruber eingepackt und dann noch einmal vier."

„Was? Ich dachte, es geht nur um die Gemälde aus der Erbschaft? Da stimmt doch etwas nicht. Wir brauchen einen Anwalt. Alexandra, suchst du bitte die Nummer von Dr. Brunner raus? Iris und Nadine, ihr kümmert euch darum, dass die Ausstellung geschlossen wird. Ihr könnt den Leuten als Entschädigung einen Kaffee auf Kosten des Hauses anbieten. Wir müssen jetzt erst einmal diese Sache klären"

„Gut, das ist vielleicht jetzt das Beste", stimmte Iris seufzend zu und machte sich mit Nadine auf den Weg ins Hotel.

Keine halbe Stunde später fuhr Wolfgang Mosers Anwalt im schicken Cabrio vor. Er stieg schwungvoll aus, schob seine Sonnenbrille ins dichte, perfekt frisierte blonde Haar und legte Iris im Vorbeigehen seinen Autoschlüssel auf den Tresen.

„Bist du so lieb?" Er lächelte charmant und rauschte in die Hotelbar.

„*Bist du so lieb?*", äffte ihn Iris genervt nach. Sie konnte nicht verstehen, was Wolfgang und Christine an diesem schleimigen Typen fanden. Es musste doch noch andere fähige Juristen im Südtiroler Unterland geben. Musste man sich dann ausgerechnet diesem Sonnyboy anvertrauen, der vermutlich mehr Zeit mit Körper- und Imagepflege verbrachte als mit seiner eigentlichen Arbeit? Außerdem war die Arbeitskleidung des Anwalts in ihren Augen absolut unangemessen. Seriöse Juristen hatten auch bei sommerlichen Temperaturen Anzug und Krawatte zu tragen – und kein pinkfarbenes Poloshirt und weiße Bermudashorts.

„*Bist du so lieb?* Nein, bin ich nicht", grummelte sie und griff nach dem Schlüssel. „Bin ich hier auch noch fürs Autoparken zuständig, oder was? Soll er sich doch einen Chauffeur für sein Superauto engagieren."

Missmutig stieg sie ein und fuhr den Wagen auf den Parkplatz. Kurz überlegte sie, ob sie das Verdeck schließen sollte. Der Wetterbericht hatte für den Nachmittag Gewitter angekündigt. Sie suchte nach dem richtigen Knopf, kannte sich aber bei all den Schaltern und Hebeln, Lichtern und Displays nicht aus. Sollte sich doch der Herr Doktor selbst darum kümmern. Mit einer gewissen Schadenfreude spürte sie auf dem Weg zurück ins Hotel den ersten Regentropfen im Gesicht.

„Jetzt erzählen Sie noch einmal der Reihe nach", forderte der Anwalt Wolfgang Moser auf, nachdem er in aller Ruhe einen Espresso getrunken hatte. Er lehnte sich zurück und knabberte genüsslich an dem kleinen Keks. „Sie sagten, die Polizei hat Ihre Frau mitgenommen."

„Ja, und acht Gemälde aus der Ausstellung", ergänzte der Hotelchef ungeduldig. Die überhebliche Art des Anwalts ging ihm gewaltig auf die Nerven. Wie er immer mit seinem sündhaft teuren Cabrio direkt vor die Tür fuhr und es dann von Iris auf den Parkplatz fahren ließ. Sicher, Wolfgang fuhr auch gern große, schnelle Autos, aber er war immer noch in der Lage, sie selbst in die Garage zu fahren. Wenn dieser Schönling fachlich nicht so gut wäre, hätte er ihn schon längst in die Wüste geschickt. Mit einigen schnellen Sätzen berichtete er, was kurz zuvor passiert war. „Sie müssen schleunigst etwas unternehmen."

Dr. Brunner wischte sich seelenruhig die nicht vorhandenen Krümel aus dem Mundwinkel.

„Das werde ich, Herr Moser, das werde ich." Er griff zu seinem Smartphone und tippte in einer Geschwindigkeit auf dem Display herum, die man sonst nur von Teenagern kannte. Dabei hörte man das dezente Klappern seiner frisch manikürten Fingernägel. „Gaetano wird bei der Polizei nachfragen, wohin man Ihre Frau gebracht hat. Können Sie mir die Namen der Beamten nennen?"

Wolfgang verdrehte die Augen. Es war allgemein bekannt, dass besagter Gaetano nicht nur der Sekretär, sondern auch der Lebensgefährte des Anwalts war, womit Wolfgang per se kein Problem hatte. Was ihn allerdings aufregte, war, dass diese Tatsache ständig demonstrativ zur Schau gestellt wurde.

„Ich glaube, der eine hieß Ispettore Bellini. Den anderen Namen habe ich mir nicht gemerkt. Was sagen Sie, darf die Polizei Christine einfach in Handschellen abführen, nur weil sie sich etwas aufgeregt hat? Und was ist mit den Bildern? Ich habe sie rechtmäßig geerbt. Ich kann Ihnen die Unterlagen des Notars zeigen. Außerdem haben sie vier weitere Gemälde mitgenommen, die wir extra für die Ausstellung von Leuten aus der Umgebung ausgeliehen haben. Wir haften für die Bilder, verstehen Sie?"

Dr. Brunner legte dem Hotelchef beruhigend seine Hand auf den Arm. „Das wird sich alles regeln. Vertrauen Sie mir."

Wolfgang schüttelte sich innerlich und zog seinen Arm zurück. Er nahm sich vor, mittelfristig einen anderen Anwalt zu suchen, einen, von dem man nicht ständig schmachtende Blicke zugeworfen bekam.

Ungeduldig stand er auf.

„Wir können nicht untätig hier herumsitzen und darauf warten, dass Ihr Gaetano irgendetwas in Erfahrung bringt.

Ich fahre jetzt nach Bozen und kläre die Sache vor Ort. Und Sie kommen mit!"

Er schob den verblüfften Anwalt vor sich her in die Tiefgarage, setzte ihn dort in sein Auto und fuhr los. Sie waren gerade in Eppan angekommen, da brummte Brunners Handy.

„Ah, eine Sprachnachricht von Gaetano."

Er nahm den Apparat und hielt ihn ans Ohr.

„Sieh an ... oh ... das ist ja interessant ... ach, du liebe Zeit ... "

„Was ist interessant? Wo ist Christine? Nun sagen Sie schon!"

Brunner legte den Zeigefinger an die Lippen und kräuselte besorgt die Stirn. Wolfgang Moser hielt am Straßenrand, schaltete den Warnblinker an und starrte den Anwalt an. Am liebsten hätte er ihm das Gerät aus der Hand gerissen.

„Was ist mit Christine?"

Der Anwalt legte das Smartphone beiseite und sah den Hotelchef mit ernster Miene an.

In diesem Moment erschütterte ein gewaltiger Donnerschlag das Tal und der Himmel öffnete seine Schleusen.

14

Christine Moser erwachte. Ihr Kopf brummte, alles drehte sich vor ihren Augen. Mühsam versuchte sie, sich aufzusetzen, doch ihre Hände waren auf dem Rücken gefesselt. Stöhnend sackte sie wieder zurück auf die stinkende Decke und sah sich um. Da waren Gartengeräte, Säcke mit Erde, Gießkannen, eine alte Schubkarre. Offenbar saß sie in einem Gartenschuppen. Fahles Licht drang durch die Ritzen der Bretter, es roch feucht und modrig. Draußen regnete es in Strömen, es blitzte und donnerte im Sekundentakt. Was war nur passiert? Sie konnte sich kaum erinnern. Da waren die Polizisten gewesen. Und diese Frau. Sie hatten die Gemälde mitgenommen und ihr Handschellen angelegt. Und dann? Wie war sie hierher gekommen? Wo war sie hier? Hatte man sie betäubt? Ihre letzte Erinnerung war das Wasser, das ihr einer der Männer im Auto eingeflößt hatte. Ja, er hatte sie regelrecht gezwungen, das Wasser aus einem ekelhaft schmutzigen Becher zu trinken. Es hatte widerlich geschmeckt. Sie schüttelte sich angeekelt bei dem Erinnerung daran. Kurz darauf war sie wohl ohnmächtig geworden. Vermutlich waren in dem Wasser K.-o.-Tropfen gewesen. Eine Gänsehaut überzog ihren Rücken bei der Vorstellung, dass sie drei wildfremden Menschen ausgeliefert war, eingesperrt, gefesselt. Sie nahm all ihre Kraft zusammen, rappelte sich auf und lehnte sich mit dem Rücken an die Bretterwand. Ganz langsam ließen die Kopfschmerzen nach. Immer deutlicher formten sich die Gedanken in ihrem Bewusstsein. Angst schnürte ihr die Kehle zu, als sie realisierte, in welcher Situation sie sich befand. Die Männer waren gar keine Polizisten. Man hatte sie entführt!

15

Und wieder Montiggl.

Und wieder dieser fürchterliche, abgeschiedene Mitterberg, der angeblich landschaftlich so überaus reizvoll sein sollte. *Landschaftlich reizvoll*, wenn er das schon hörte. Ihm war die Landschaft herzlich egal, wenn es nur ordentliche Verbrechen aufzuklären gab.

Vor knapp vier Jahren musste Commissario Roberto Pagani schon einmal in dieses gottverlassene Nest fahren, um sich mit einem entführten Hotelchef zu befassen. Es war um unbedeutende Gemälde eines ebenso unbedeutenden Malers gegangen. Man hatte gar nicht gewusst, ob es diese ominösen Werke überhaupt gab. Er seufzte tief. Was war das doch für eine grauenvolle Ermittlung gewesen. Wenn er ehrlich zu sich selbst wäre, was er natürlich niemals war, hätte er zugeben müssen, dass er sich weiß Gott nicht mit Ruhm bekleckert hatte. Es war schlichtweg peinlich gewesen. Er hatte auf ganzer Linie versagt.

Der entführte Hotelchef hatte sich selbst befreit, seine junge Kollegin – damals noch Polizeianwärterin – den Täter gestellt.

Er selbst war dafür zweimal baden gegangen – und das im wahrsten Sinne des Wortes.

Unauffällig schielte er hinüber auf den Beifahrersitz. Sabine Schmalgruber hatte, so musste er in einem Anfall innerlicher Selbstkritik zugeben, in ihrem Leben alles richtig gemacht. Mit ihren knapp dreißig Jahren war sie inzwischen mehrfach befördert worden, während er selbst seit über acht Jahren nicht nur hier in dieser langweiligen Provinz, sondern auch auf seinem Posten festsaß – und das mit über vierzig. Man hatte ihn hierher strafversetzt. Angeblich sei er in La Spezia zu aufsässig gewesen. Pah! Das war alles ein Irrtum.

Seither schrieb er ein Versetzungsgesuch nach dem anderen, zurück nach Süditalien, weg von diesen bedrückenden Bergen und den verschlafenen Apfelbauern. Leider bisher ohne Erfolg.

Inzwischen hatte er den Verdacht, dass sich die zuständigen Beamten an der entscheidenden Stelle einen Spaß daraus machten, sein Anliegen immer und immer wieder aus völlig nichtigen bürokratischen Gründen abzulehnen. Als neueste Maßnahme hatte ihm sein Vorgesetzter auch noch verboten, allein zu ermitteln. Es sei besser für ihn und alle anderen Beteiligten, ab sofort immer im Team unterwegs zu sein – im Team mit Sabine Schmalgruber. Er müsse mehr zum *Teamplayer* werden.

Pah! *Teamplayer*. Wenn er das schon hörte. Er war am liebsten allein unterwegs, ohne diese Überflieger-Kollegin an seiner Seite, diese immer freundliche, immer gut gelaunte, dynamische Kollegin, die ihm trotz ihres eher sportlichen Kleidungsstils ständig die Show stahl, ihn regelrecht blass aussehen ließ. Dabei war es ihm doch immer wichtig, einen gepflegten, gut aussehenden Eindruck zu machen. Nicht umsonst investierte er einen nicht unerheblichen Teil seiner Zeit in Körperpflege und seines Gehaltes in ansprechende Kleidung. Sein größter Stolz war seine inzwischen beachtliche Sammlung edler, teurer Cowboystiefel, die er hingebungsvoll pflegte. Bedauerlicherweise hatte schon das eine oder andere Paar im Rahmen verschiedener Ermittlungen erhebliche Blessuren davongetragen, aber auch das hatte er mit Hilfe effizienter Reinigungsmethoden beheben können. Für eines dieser restaurierten Schmuckstücke hatte er sich heute Morgen entschieden und dafür das neueste Modell im Schrank stehenlassen. Man wusste ja nie. Womöglich müsste er, wie bereits vier Jahre zuvor, durch das schlammige Seeufer waten.

„Jetzt rechts abbiegen", wies ihn die blecherne Stimme aus dem Navi an. „Dieser Straße etwa drei Kilometer folgen. Dann haben Sie ihr Ziel erreicht."

Von wegen! Sein Ziel hatte er dort sicher nicht erreicht!

„Schau, Roberto", schwärmte Sabine und sah begeistert aus

dem Fenster, „ist das nicht traumhaft?"

Pagani warf ihr einen genervten Blick zu. Was sollte daran traumhaft sein? Kein Meer weit und breit, keine Oliven-bäume, kein echtes Italien. *Roberto* – wie hatte es nur passieren können, dass er ihr das Du angeboten hatte? Sie sollte Respekt vor ihm haben. Immerhin war er fast zwanzig Jahre älter.

Auch wenn es ihn nach wie vor nervte, mit dieser Quasselstrippe unterwegs zu sein, hatte es doch seine Vorteile, denn sie war als echte Südtirolerin des Deutschen und des Italienischen gleichermaßen mächtig, was man von ihm nicht behaupten konnte. Weil hier in dieser grauen-vollen Provinz jeder Polizist den so genannten Zwei-sprachigkeitsnachweis erbringen musste, hatte man ihn in den ersten Monaten genötigt, einen Deutschkurs zu besuchen, den er mangels fehlender Motivation erst im dritten Anlauf geschafft hatte – und das auch nur, weil ihn die Lehrkraft nicht noch ein viertes Mal im Unterricht ertragen hätte.

Wenn es also in einem Fall darum ging, Deutsche befragen zu müssen, konnte er getrost Commissaria Schmalgruber vorschicken. Im Fall von Wolfgang Moser würde das allerdings nicht nötig sein – er sprach ziemlich perfekt italienisch.

„Ich hätte ja nicht gedacht, dass es diese Bilder tatsächlich gibt", plauderte Sabine, ohne auf die schlechte Laune ihres Kollegen einzugehen. Die miesepetrige Stimmung störte sie schon lange nicht mehr, hatte sie doch schon oft festgestellt, dass hinter der rauen Schale tatsächlich ein weicher Kern steckte. Irgendwie hatte sie den ständig unzufriedenen Italiener ins Herz geschlossen.

„Hm", brummelte der Commissario.

„Offensichtlich sind die Bilder überraschend aufgetaucht."

„Aha."

„Und jetzt sind sie von falschen Polizisten mitgenommen worden – samt Hotelchefin. Ich fürchte, wir haben wieder eine Entführung."

„So sieht es aus."

Das Gewitter war vorbei, überall tropfte noch das Wasser von den Blättern, die Luft roch frisch. Eigentlich sollte man sich jetzt aufs Rad schwingen und eine ausgiebige Trainingseinheit einlegen, schoss es der jungen, sportbegeisterten Polizistin durch den Kopf. Doch das musste warten.

Commissario Pagani fuhr auf den Parkplatz und beobachtete verwundert einen Mann in Poloshirt und Bermudashorts, der versuchte, die Sitze eines schicken Cabrios mit unzähligen, weißen Handtüchern zu trocknen. Offenbar hatte er vergessen, vor dem Gewitterguss das Verdeck zu schließen. Auch Sabine konnte sich ein schadenfrohes Grinsen nicht verkneifen.

„Buongiorno, Herr Moser", begrüßte Pagani den Hotelchef, der bereits ungeduldig vor dem Haus auf sie gewartet hatte. Er war völlig aufgelöst.

„Na endlich! Gut, dass Sie da sind. Meine Frau wurde entführt."

„Das sagten Sie bereits." Erwartungsgemäß hielt sich der Commissario nicht mit überflüssigen Höflichkeitsfloskeln auf und kam gleich zur Sache. Schließlich kannte man sich ja noch vom letzten Fall. „Zeigen Sie mir als erstes die Ausstellung. Ich hoffe, es sind keine Besucher mehr da."

„Nein, wir haben den Raum gleich nach dem ... Vorfall geräumt." Wolfgang Moser ging voraus zur Blauen Stube.

Vor der geschlossenen Tür hatte sich der Generale postiert.

„Generale, das ist Commissario Pagani von der Bozner Polizei und seine Kollegin ..."

„Commissaria Schmalgruber."

„Generale Matteo Senti." Er salutierte und öffnete die Tür.

Pagani bedachte den Mann in der schwarzen Uniform mit einem genervten Blick, betrat den Raum und sah sich um.

Dass die Geschmäcker – vor allem was die Kunst anging – verschieden waren, war Pagani natürlich klar, aber dass jemand bereit war, wegen dieser Art von Kunst zum Verbrecher zu werden, war ihm ein Rätsel. Verschneite Berggipfel, Bauern auf dem Feld, eine Kirche, Seen, Wiesen, Wolken. Es war ihm völlig schleierhaft, wie sich jemand ein solches Bild in die Wohnung hängen konnte.

„Hier hingen die vier Gemälde, die ich vor kurzem geerbt habe", berichtete der Hotelchef. „Außerdem haben die Männer noch vier weitere Bilder mitgenommen."

„Haben Sie vielleicht einen Ausstellungskatalog, in dem die Bilder verzeichnet sind?", fragte Sabine Schmalgruber.

„Ja, hier." Er reichte ihr einen Katalog und schlug ihn auf. „Sehen Sie, es geht um diese Bilder." Mit einem schwarzen Stift markierte er alle Werke, die gestohlen worden waren. „Wir hatten keinen Zweifel daran, dass die Männer echte Polizisten waren", fuhr er fort.

„Gut, das sollen sich die Kollegen der Spurensicherung ansehen. Die müssten auch gleich da sein. Können wir irgendwo in Ruhe reden?"

„Ja, kommen Sie in die Max Parer-Stube."

„Erzählen Sie uns doch noch einmal ausführlich, was passiert ist", begann Pagani.

Wolfgang Moser berichtete von der Erbschaft, der Ausstellung und von Signora Pirner. „Und dann hat diese Frau behauptet, die Bilder seien Diebesgut."

Pagani machte sich Notizen. „Kannten Sie oder einer Ihrer Mitarbeiter diese Frau?"

Wolfgang Moser verneinte.

„Hat sie sonst noch etwas über sich gesagt? Vorname? Wohnort? Sonst irgendetwas?"

„Nein, leider nicht. Sie ist nur aufreizend durch die Ausstellung spaziert und hat dann diese Geschichte von Hehlerware und Diebesgut erzählt."

„Wann war das genau?"

„Gestern Vormittag. Und heute kam sie dann mit diesen beiden Männern, die sich als Polizisten ausgegeben haben. Sie haben acht Gemälde eingepackt und dann auch noch meine Frau abgeführt. Das ist alles so fürchterlich. Sie müssen die Kerle finden!"

„Hatten die beiden Ausweis und Uniform?"

„Sie waren in Zivil, aber haben einen Ausweis gezeigt. Und dieses Schreiben vom Staatsanwalt." Er reichte Pagani das Papier. „Deshalb habe ich auch nicht daran gezweifelt, dass es Polizisten waren."

„Kamen sie mit einem Streifenwagen?"

„Nein, es war ein schwarzer Audi A4 mit Blaulicht auf dem Dach."

„Haben Sie sich das Kennzeichen gemerkt?"

„Nein, tut mir leid. Darauf habe ich nicht geachtet. Ich konnte doch nicht ahnen, dass ... "

„Hat vielleicht eine Ihrer Mitarbeiterinnen etwas gesehen?" Wolfgang Moser rief nach Iris und Alexandra.

Die beiden zuckten mit den Schultern. „Nein, tut mir leid. Das ging alles so schnell", meinte Alexandra unglücklich.

„Warte mal." Iris überlegte. „Waren da nicht Herr Arndt und Tim? Sie wollten einen Ausflug mit den E-Bikes machen und haben vor dem Eingang noch einige Fotos geschossen. Vielleicht ist das Kennzeichen auf einem der Fotos zu erkennen?" Eilig stand sie auf. „Ich schau mal, ob sie schon wieder da sind."

„Sehr gut. Haben sich die Entführer schon gemeldet?"

Wolfgang fuhr sich über das Gesicht. Grauen erfasste ihn bei der Vorstellung, seine innig geliebte Christine würde allein in einem solchen Kellerloch sitzen wie er selbst vor vier Jahren.

„Nein. Das ist alles so fürchterlich. Warum musste ich nur diese Ausstellung machen?"

Pagani warf seiner Kollegin einen vielsagenden Blick zu. Er konnte mit Schwerverbrechern umgehen und knallharte Verhöre mit Verdächtigen führen. Sobald er aber verzweifelten Opfern oder Angehörigen gegenübersaß, fühlte er sich vollkommen überfordert. Mit all diesem Jammern, Heulen und Wehklagen konnte er nicht umgehen, wusste nicht, was er sagen sollte, fand nicht die richtigen Worte. Dankenswerterweise hatte Sabine Schmalgruber genau hier ihre Stärken. Die beiden ergänzten sich zumindest in diesem Bereich hervorragend.

„Herr Moser", übernahm sie einfühlsam das Gespräch. „Ich kann verstehen, dass Sie sich jetzt Vorwürfe machen, aber das hilft Ihrer Frau im Moment nicht. Wir müssen gemeinsam so viele Informationen wie möglich zusammentragen, um die Männer zu finden."

Sie vermied bewusst Begriffe wie *Täter* oder *Entführer*, um den Hotelchef nicht weiter zu beunruhigen. „Wichtig wäre eine möglichst genaue Beschreibung aller Personen und natürlich das Kennzeichen des Fahrzeugs."

„Oder ein Foto." Keuchend kam Iris herein und zog Tim Arndt hinter sich her. „Zeig es ihnen, Tim!"

Der Junge zog sein Handy aus der Hosentasche und legte es auf den Tisch. Das Display zeigte Vater und Sohn Arndt lachend im Vordergrund und im Hintergrund ... das schwarze Auto. Als er das Foto größer zog, war das Kennzeichen ganz deutlich zu erkennen.

„Sehr gut! Hast du auch ein Bild der beiden Männer?"

Tim wischte noch zweimal über das Display.

„Nein, leider nicht."

„Schade. Aber zumindest haben wir das Auto. Kannst du mir das Foto schicken?"

Sabine Schmalgruber gab Tim ihre Handynummer. Ein leises *Pling* und der Audi erschien auf ihrem Display. „Das hilft uns sehr weiter. Damit können wir gleich eine Halterabfrage machen." Sie leitete die Aufnahme an die Kollegen im Präsidium weiter.

Stolz steckte Tim den Apparat wieder ein und verabschiedete sich zögernd. Er war noch nie bei einer polizeilichen Ermittlung dabei gewesen und hätte gern noch weiter zugehört. Oder dabei geholfen, ein Phantombild zu erstellen, oder in einer Foto-Datenbank nach dem Täter zu suchen.

„Kommt eigentlich auch die Spurensicherung? So wegen Fingerabdrücken und DNA und so?"

„Natürlich, ich fürchte allerdings, dass das schwierig wird, weil ja doch sehr viele Leute in der Ausstellung waren."

„Außerdem haben die Männer Handschuhe getragen", erinnerte sich Iris. „Angeblich damit die Bilder geschützt werden."

„Tja, dann wird es noch schwieriger, verwertbare Spuren zu finden. Danke dir, Tim."

„Gern geschehen." Die Worte der jungen Polizistin machten seine Hoffnungen auf eine mögliche Mitarbeit in dem Fall leider schnell zunichte. Er hatte zwischen den Zeilen ein eindeutiges *du kannst jetzt gehen!* herausgehört.

Schade eigentlich.

Doch beim Hinausgehen fiel ihm doch noch etwas ein. „Entschuldigen Sie, ich weiß nicht, ob es wichtig ist, aber ich habe da noch etwas beobachtet."

„Ja?"

„Ich habe gesehen, wie einer der beiden einen Kaugummi ausgespuckt hat. Vielleicht sind da DNA-Spuren dran."

Die Commissaria nickte ihm anerkennend zu. „Das könnte wirklich ein wichtiger Hinweis sein. Kannst du mir die Stelle zeigen?"

Sie zog sich dünne Handschuhe über, nahm einen Plastikbeutel zur Hand und folgte Tim nach draußen.

„Hier ist es." Tim deutete auf ein kleines, weißes Kügelchen, das unter einem Korbstuhl auf der Hotel-Piazzetta lag.

Sabine Schmalgruber steckte den Kaugummi in das Tütchen.

„Das hast du richtig gut beobachtet", lobte sie Tim, der gleich mehrere Zentimeter größer wurde. „Vielleicht solltest du bei uns anfangen?"

Auf dem Weg zurück zum kleinen Speisesaal kam ihnen der Hotelchef entgegen.

„Vielleicht ist es ja das Auto von diesem Hofmann. Sie wissen schon, der Entführer. Ich habe gehört, dass er schon wieder auf freiem Fuß ist. Möglicherweise hat er in der Zeitung von der Ausstellung gelesen und will sich jetzt die Bilder holen. Sie müssen ihn überprüfen."

Und wieder ein *Pling* aus dem Handy der Polizistin. Sie sah auf das Display.

„Wir haben den Halter." Sie zögerte kurz. „Es ist nicht Bernd Hofmann. Das Auto ist als gestohlen gemeldet. Wir müssen eine Fahndung einleiten – und Herrn Hofmann einen Besuch abstatten."

16

Das Gewitter war vorbei. Der Regen ließ langsam nach und einzelne Sonnenstrahlen fanden ihren Weg in den düsteren Schuppen.

Christine Moser lief verzweifelt auf und ab. Die Fesseln schnitten schmerzhaft in ihre Handgelenke, sie hatte entsetzlichen Durst.

Aus Angst vor ihren Entführern hatte sie bisher noch nicht gewagt, um Hilfe zu rufen. Der Blick durch das winzige, schmutzige Fenster machte ihr ohnehin wenig Hoffnung. Es war weit und breit kein anderes Haus zu sehen.

Sie hatte jedes Zeitgefühl verloren, hatte keine Ahnung, wie lange sie bewusstlos gewesen war. Bis jetzt hatte sich noch niemand blicken lassen, was einerseits beruhigend war, ihr andererseits auch Angst machte. Vielleicht hatten sie die Männer einfach hier eingesperrt, um sie loszuwerden? Wer weiß, wann man sie finden würde – und ob überhaupt.

Ihre Augen füllten sich mit Tränen – Tränen der Angst und der Wut. Voller Zorn trat sie gegen die Schuppentür. Waren es diese verfluchten Bilder tatsächlich wert, Menschen zu entführen, zu fesseln und unter unwürdigen Bedingungen gefangen zu halten?

Am liebsten würde sie diesen Verbrechern einfach alle Bilder geben, wenn sie sie dann nur endlich in Ruhe lassen würden.

Da hörte sie das Geräusch eines heranfahrenden Autos. Der Motor wurde abgestellt.

Christine presste die Stirn an das Holz und spähte durch eine Ritze hinaus, doch sie konnte das Auto nicht sehen. Es war hinter einem Holzstapel verschwunden.

Die Tür wurde geöffnet. Schritte auf dem Kies.

„Habt ihr die Bilder?"

„Ja, wir haben die vier, die Sie wollten." Christine erkannte die Stimme des Mannes, der sich als Ispettore Bellini ausgegeben hatte. „Es war ganz einfach." Er lachte kurz auf. „Fast zu einfach. Ich habe den Ausweis gezeigt und ..."

„Wo sind sie?", unterbrach ihn der Mann streng. Es war offensichtlich, dass er nicht an den Details interessiert war. „Im Haus."

„Dann gehen wir. Worauf wartest du noch?"

Bellini räusperte sich. „Äh ..."

„Was ist los?"

„Es gab da ein Problem."

„Problem? Ich dachte, es war alles so einfach?"

„Ja, war es auch, aber ..."

Christine konnte richtig hören, wie Bellini sich wand.

„Was aber?"

„Die Hotelchefin."

„Was ist mit ihr? Ich hatte ganz klar gesagt: keine Verletzten!"

„Sie ist auch nicht verletzt."

„Was dann? Jetzt rede schon! Lass dir nicht alles aus der Nase ziehen!"

„Wir mussten sie mitnehmen. Sie hat nach unseren Dienstnummern und Vorgesetzten gefragt."

„Ihr habt was? Seid ihr verrückt geworden? Hat sie mitbekommen, wohin ihr sie gebracht habt?"

Der Mann hörte sich an, als sei er zu allem entschlossen, als könne er jederzeit seine Prämisse *keine Verletzten* über Bord werfen. Vermutlich würde er sogar vor einer endgültigen Lösung des Problems nicht zurückschrecken.

„Nein, wir haben ihr K.-o.-Tropfen gegeben."

„Wo ist sie? Ist sie schon wieder wach?"

„Keine Ahnung, wie lange das Zeug wirkt. Sie ist dort drüben im Schuppen."

Christine zuckte zusammen. Schweißtropfen rannen ihre Schläfen hinab. Panisch sah sie sich um, suchte nach etwas, womit sie sich wehren könnte, aber wie sollte sie das machen – ihre Hände waren gefesselt.

Die Schritte kamen näher.

Jede Faser ihres Körpers war angespannt, ihr Herz drohte zu

zerspringen. Keuchend drückte sie sich in den dunkelsten Winkel, starrte angsterfüllt auf die Tür und schickte ein Stoßgebet zum Himmel.
Das würde ihr Ende sein.

17

„Das macht doch alles keinen Sinn", überlegte Sabine Schmalgruber, als sie auf der Schnellstraße in Richtung Meran unterwegs waren.

Bernd Hofmann wohnte mit seiner Frau in Lana, nahe Meran, und arbeitete als Lagerist bei der Obstgenossenschaft, eine Stelle, die entlassenen Strafgefangenen als Resozialisierungsmaßnahme zugeteilt wurde. Heike hatte einen Job als Putzfrau bei einer Gebäudereinigungsfirma. Eigentlich hatte sie Anwaltsgehilfin gelernt, doch als Frau eines Straftäters hatte sie keine Chance auf eine Anstellung in ihrem Beruf.

„Ich glaube, ich habe ein Déjà-vu. Hofmann kann doch nicht ernsthaft so dumm sein, nochmal jemanden zu entführen, um an die Gemälde ranzukommen."

„Vielleicht ja doch?" Pagani starrte konzentriert auf die Straße und schlängelte sich waghalsig mit Blaulicht auf dem Dach durch den dichten Verkehr.

„Er selbst kann es allerdings nicht gewesen sein", fuhr Sabine fort. „Die Hotelmitarbeiter hätten ihn ja gleich erkannt."

„Hmm."

„Das ist alles ziemlich seltsam. Auch dieser komische Generale mit Uniform und Pistole, der sich in der Ausstellung einquartiert hat. Gut, er hat einen Waffenschein, aber besonders vertrauenserweckend finde ich ihn trotzdem nicht. Den sollten wir auch nochmal überprüfen. Außerdem frage ich mich, wer diese Signora Pirner eigentlich ist – wenn sie überhaupt so heißt."

Pling

„Ah, Infos aus dem Präsidium", murmelte sie und las die Nachricht. „Es gibt in ganz Südtirol 37 Frauen im passenden

Alter, die Pirner heißen. Ich schätze, die Überprüfung können wir uns sparen. Wahrscheinlich hat die Dame einfach das Telefonbuch aufgeschlagen und sich einen passenden Namen ausgesucht. Schade, dass unser engagierter Nachwuchspolizist keinen der drei fotografiert hat. Allein mit der Beschreibung *schlank, langes, dunkles Haar, überaus attraktiv*, werden wir sie nicht finden. Wahrscheinlich trug sie eine Perücke und ist jetzt gerade in Jeans und Turnschuhen mit den Gemälden im Kofferraum auf dem Weg zu einem reichen Sammler nach Mailand."

Mit quietschenden Reifen hielten sie vor einem schmucklosen Mehrfamilienhaus. Im ungepflegten Vorgarten stapelten sich Müllsäcke, Autoreifen und alte Paletten. Es sah nicht sehr einladend aus.

Auf dem Klingelschild herrschte ähnliches Chaos. Mehrere Schichten handgeschriebener Aufkleber ließen vermuten, dass es sich nicht lohnte, ein Namensschild gravieren zu lassen, weil man ohnehin nach kurzer Zeit wieder auszog. Vielleicht war es den Bewohnern einfach auch nicht wichtig. Zwischen arabisch, italienisch und deutsch klingenden Namen fanden die beiden Polizisten schließlich ein Zettelchen mit B.+H. Hofmann.

Sie klingelten.

Nichts passierte.

Sie klingelten erneut.

In diesem Moment wurde die Tür aufgerissen und drei Kinder kamen herausgestürmt. Commissario Pagani hielt einen kleinen Jungen auf.

„Hallo, kannst du uns sagen, wo Herr und Frau Hofmann wohnen?"

Der Junge schüttelte den Kopf. „Kenn ich nicht!" Er riss sich los und rannte davon.

„Komm, die finden wir auch so", meinte Sabine und ging voran ins düstere Treppenhaus. Der Geruch, der ihnen entgegenschlug, war eine Mischung aus Zigarettenrauch, Alkohol, Müll und altem Fett. Sabine bemühte sich, nur durch den Mund zu atmen und hoffte, nicht bis hinauf in den vierten Stock laufen zu müssen.

Sie hatten Glück.

Bereits ein Stockwerk höher fanden sie die richtige Wohnungstür.

Diesmal klopften sie an. „Herr Hofmann? Sind Sie da?" Die Tür der gegenüberliegenden Wohnung ging einen Spalt auf.

„Der ist schon da. Ist aber zu faul aufzustehen", keifte eine ältere Frau in Kittelschürze mit Lockenwicklern auf dem Kopf. „Der ist nämlich aus dem Knast", setzte sie mit einem schiefen Grinsen hinzu und entblößte dabei wenige krumme, gelbe Zähne. „Seit zwei Monaten haust er dort drüben mit seiner komischen Alten. Das ist das Letzte! Setzen die uns doch Knackis ins Haus. Was denken die sich dabei?"

„Guten Tag", grüßte Sabine betont freundlich und hoffte inständig, nicht diese Frau befragen zu müssen, schien doch der Großteil der widerlichen Geruchsmischung aus ihrer Wohnung zu kommen.

„Sind Sie vom Sozialamt? Bewährungshilfe? Polizei?"

Noch bevor einer der beiden Beamten etwas darauf antworten konnte, öffnete Bernd Hofmann die Tür.

„Ah, der Herr Nachbar hat sich auch mal aufgerafft", meckerte die Alte bösartig.

„Ach, sei doch still!", fauchte Hofmann zurück. Erst jetzt erkannte er, wer da vor seiner Tür stand. Nur mit Mühe konnte er den Reflex unterdrücken, den beiden die Tür vor der Nase zuzuschlagen.

„Was wollen Sie denn hier?"

„Ah, man kennt sich, was? Also doch Polizei? Das habe ich mir doch gleich gedacht. Einmal Knast, immer Knast. Nehmen Sie diesen Kerl wieder mit! Er gehört hinter Gitter! Das ist ein ordentliches Haus! Wir brauchen keine Verbrecher hier!"

Bernd Hofmann entschied sich für das geringere Übel, schob die Polizisten in die Wohnung und schloss die Tür.

„Verbrecher! Du gehörst eingesperrt!"

Selbst durch die geschlossenen Tür waren die Schimpftiraden der Nachbarin zu hören.

Etwas perplex stand Sabine Schmalgruber in Bernd Hofmanns Wohnzimmer, das gar nicht danach aussah, als *hause* hier ein Verbrecher mit seiner *Alten*.

Es war sauber, geschmackvoll eingerichtet und roch weder nach Rauch noch nach Bier oder altem Fett. Der Fernseher war ausgeschaltet, auf dem Couchtisch lag die ausgebreitete Tageszeitung, auf dem Sofa eine Decke.

„Diese Hexe macht uns das Leben zur Hölle", seufzte Bernd Hofmann und ließ sich in einen Sessel fallen. Es war ganz klar, dass er nicht daran dachte, seinen Gästen einen Sitzplatz oder gar etwas zu trinken anzubieten. Es waren nun einmal keine Gäste, es waren Eindringlinge. Schließlich waren es die beiden gewesen, die damals seinen Plan vereitelt und ihn ins Gefängnis gebracht hatten. Er sah keinen Grund, ihnen dafür auch noch so etwas wie Gastfreundschaft entgegenzubringen.

„Was wollen Sie hier?"

Es war auch klar, dass er diesen unliebsamen Besuch so schnell wie möglich wieder loshaben wollte.

Sabine hatte damit kein Problem und sah ihn aufmerksam an. Er hatte sich in den vergangenen vier Jahren verändert. Damals war er sportlich und durchtrainiert gewesen, hatte jugendlich und dynamisch gewirkt. Jetzt saß da ein gebrochener Mann, blass und mager mit dunklen Ringen unter den Augen. Er war Mitte fünfzig, sah aber deutlich älter aus. Anders als die Nachbarin konnte sich Sabine nicht vorstellen, dass da ein ausgebuffter Verbrecher vor ihnen saß.

Commissario Pagani zählte allerdings auch nicht gerade zu den höflichsten und zuvorkommendsten Zeitgenossen. Auch er störte sich keineswegs an der Art seines Gegenübers – im Gegenteil! Je schneller man zum Thema kam, desto besser. Kein lästiges *Setzen Sie sich doch, Möchten Sie einen Kaffee? Kann ich Ihnen etwas anbieten?*

Nein.

Einfach gerade heraus: *Was wollen Sie hier?*

„Aus dem Gartenhotel Moser wurden heute Vormittag mehrere wertvolle Gemälde gestohlen", begann Pagani und visierte sein Gegenüber scharf an.

Bernd Hofmann starrte ungläubig zurück und brach unvermittelt in schallendes Gelächter aus.

„Das ist ja unglaublich!", japste er und schnappte nach Luft.

„Und jetzt glauben Sie ernsthaft, ich war das?" Er wischte sich die Lachtränen aus den Augen. „Die Polizei wird mit den Jahren auch nicht schlauer, was?"

Sabine und Pagani warteten, bis sich der Mann wieder beruhigt hatte.

„Sie wissen, dass die Gemälde womöglich diejenigen sind, um die es vor vier Jahren ging."

Pagani ließ sich nicht aus der Ruhe bringen.

Hofmann wurde schlagartig ernst. „Sehen Sie mich an. Ich bin nicht mehr der Bernd Hofmann von damals. Das Gefängnis hat einen alten Mann aus mir gemacht. Natürlich weiß ich von den Bildern, aber glauben Sie mir, ich will sie nicht mehr. Diese verdammten Gemälde haben vor vier Jahren zum zweiten Mal mein Leben zerstört."

Er stand auf, holte sich ein Glas und eine Flasche Whisky aus dem Schrank und goss sich einen ordentlichen Schluck ein.

„Frau Moser wurde entführt."

Hofmann zog eine Braue nach oben. „Ach, wirklich? Sie können sich gern umsehen, ob ich sie nicht im Schrank oder unter dem Bett gefangen halte."

Die Wohnungstür wurde geöffnet.

„Ich bin wieder da!" Heike Hofmann betrat das Zimmer und stutzte. Erwartungsgemäß hielt sich auch bei ihr die Wiedersehensfreude in Grenzen.

„Was wollen Sie denn hier?"

„Die Herrschaften behaupten, ich hätte diese Parer-Bilder geklaut und die Moserin entführt."

„Wie bitte? Welche Bilder? Wieso entführt?"

„Die Bilder, die vor kurzem aufgetaucht sind und die im Gartenhotel ausgestellt werden."

Heike Hofmann verzog das Gesicht zu einer Grimasse. „Das kann doch nicht Ihr Ernst sein. Sehen Sie uns doch an. Wir sind fertig! Müssen hier in dieser Bruchbude hausen und werden von allen Leuten angefeindet. Glauben Sie wirklich, uns steht der Sinn danach, langweilige Bilder zu stehlen und Hotelchefinnen zu entführen? Suchen Sie, wo Sie wollen, aber lassen Sie uns in Ruhe!"

Sie stellte sich hinter ihren Mann, legte ihm die Hände auf

die Schultern und blitzte die beiden Polizisten wütend an.
„Und jetzt gehen Sie! Oder haben Sie konkrete Beweise?"
Commissario Pagani blieb gelassen.
„Noch nicht, aber wenn Sie etwas mit der Sache zu tun haben, werden wir Beweise finden. Verlassen Sie sich darauf."

18

Am nächsten Morgen lief Wolfgang Moser nervös durch das Hotel. Er war völlig durcheinander. Die Nacht war furchtbar gewesen, die Sorge um Christine hatte ihm den Schlaf geraubt. Warum meldete sich der Commissario nicht? Es musste doch endlich erste Ergebnisse geben. Warum waren diese Träumer nicht in der Lage, die falschen Polizisten zu identifizieren? Das war doch keine spontane Aktion von Anfängern gewesen, das musste von langer Hand geplant worden sein, von Profis! Immerhin haben sie ein Auto gestohlen, Polizeiausweise und Unterlagen des Staatsanwaltes gefälscht und jemanden in ihre Gewalt gebracht. Die DNA dieser Leute musste doch schon längst in der Verbrecherkartei der Behörden vorhanden sein.

Wieder und wieder starrte er auf sein Handy, wartete auf den erlösenden Anruf oder zumindest auf eine Nachricht von der Polizei.

Nichts.

Er hielt die Spannung kaum aus. Wie sollte er in einer solchen Situation *ruhig bleiben und sich auf die Beamten verlassen*, wie sie ihm gestern Abend gesagt hatten?

Je länger er darüber nachdachte, desto sicherer wurde er: Er musste selbst etwas unternehmen, konnte nicht auf den gestylten Commissario und seine sportliche Kollegin vertrauen. Ihm hatten sie damals schließlich auch nicht wirklich geholfen. Mit Schaudern dachte er daran, wie er sich selbst aus seinem finsteren Verlies hatte befreien müssen.

Er konnte nicht untätig herumsitzen und darauf warten, dass die Damen und Herren Carabinieri endlich das gestohlene Auto und damit vielleicht auch seine Frau fanden.

Nein! Er musste selbst die Sache in die Hand nehmen, sein gut funktionierendes Netzwerk aktivieren.
Alle würden ihm helfen. Das wusste er.

„Generale?" Wolfgang Moser streckte vorsichtig den Kopf in die Blaue Stube. Seit ihm der pflichtbewusste Wächter der Ausstellung vor drei Tagen den Lauf seiner Pistole in den Nacken gedrückt hatte, war Vorsicht geboten. Wieder lag auf dem Feldbett unter der Decke ein länglicher Hügel, wieder konnte es sein, dass das der schlafende Generale war … und wieder war er es nicht. Obwohl Wolfgang damit gerechnet hatte, fühlte sich das kalte Metall im Nacken genauso bedrohlich an wie beim ersten Mal. Ohne es verhindern zu können, lief ihm eine Gänsehaut über den Rücken. Sicher war es beruhigend, dass der pensionierte Carabiniere gerade nach den Vorkommnissen des vergangenen Tages seinen Job ernst nahm, doch dieses überengagierte Gehabe ging ihm langsam auf die Nerven.
„Guten Morgen, Herr Moser."
Der Hotelchef schluckte seinen Ärger hinunter und schob sich in den dämmrigen Raum hinein.
„Ich glaube, ich muss doch auf Ihr Angebot zurückkommen."
Generale Senti hatte am Tag zuvor bereits angeboten, eine private *Task Force,* wie er es genannt hatte, auf die Beine zu stellen, da er Commissario Pagani für absolut unfähig hielt. Er habe angeblich früher mit dem ungestümen Süditaliener zusammengearbeitet und dabei feststellen müssen, dass dem Kollegen jegliches taktisches Geschick fehlte. Er habe zu wenig Biss und sei unfähig, eine Waffe zu benutzen.
Wolfgang Moser hatte sich gefragt, ob ein bis an die Zähne bewaffneter Polizist immer die bessere Alternative war. Aber diese Frage stellte sich hier nicht. Es ging nicht um ein Entweder-oder, sondern um ein Sowohl-als-auch.
Wichtig war, Christine so schnell wie möglich unversehrt zu finden und zu befreien, wenn nötig auch mit Waffeneinsatz.
„Wolfgang? Bist du hier?"
Alexandra schob die Tür einen kleinen Spalt auf und lugte herein.

„Was ist denn?"

Er hatte jetzt keine Geduld, sich mit den üblichen Entscheidungen zu befassen, die er jeden Tag zu treffen hatte. Er wollte mit dem Generale eine geeignete Strategie ausarbeiten, um seine Frau zu finden.

„Die Journalisten kommen in einer Stunde."

„Welche Journalisten?"

„Die vom DFB. Du hast doch deinem Bruder versprochen, ihm die Presseheinis für ein paar Stunden vom Hals zu schaffen."

Wolfgang stöhnte. Das hatte er völlig vergessen.

Die deutsche Fußballnationalmannschaft war ja zur Zeit beim Trainingslager im Hotel seines Bruders – und in deren Kielwasser eine riesige Gruppe Journalisten, die die armen Sportler auf Schritt und Tritt verfolgte.

In einem Anfall von Bruderliebe hatte er angeboten, die Herrschaften einen Tag lang durch verschiedene Weingüter der Familie Moser zu führen, Weine zu verkosten und sie über den Apfelanbau zu informieren. Dafür würde auch ein recht ansehnliches Fahrzeug zur Verfügung stehen, das ihm dann für die gesamte Dauer des Trainingslagers überlassen werden würde: ein Mercedes Benz GLE!

Auto, Fußballer, Presse. Das war ihm doch jetzt alles egal. Sollten doch die Journalisten machen, was sie wollten, er hatte jetzt keinen Kopf dafür.

„Die Bullys stehen auch schon bereit."

Richtig! Er wollte ja die 26 Damen und vor allem Herren in seinen vier Oldtimer-Bussen herumfahren.

„Junge Frau!", mischte sich nun der Generale mit seiner knarzenden, befehlsgewohnten Stimme ein. „Sehen Sie nicht, dass Herr Moser im Moment keine Zeit für solche Dinge hat? Kümmern Sie sich doch darum!"

„Aber ..."

„Warte, Alexandra", unterbrach sie der Hotelchef, „ich habe da eine Idee."

19

Tim Arndt lag auf einer Liege am Pool und schlürfte einen alkoholfreien Cocktail, den Barista Julian extra für ihn gemixt hatte. Der Vorfall mit dem Diebstahl der Bilder und vor allem die Entführung der Hotelchefin steckte allen Gästen und Mitarbeitern in den Gliedern. Die Stimmung war gedrückt. Manche Gäste waren sogar schon abgereist.

Tim musste ständig daran denken, dass diese Verbrecher sich einfach als Polizisten ausgegeben und seelenruhig vor den Augen unzähliger Leute ihr Diebesgut und dann zu allem Überfluss auch noch Christine Moser in das gestohlene Auto gepackt hatten.

Frau Moser ging ihm nicht aus dem Kopf. Womöglich lag sie irgendwo gefesselt und geknebelt ... er wollte es sich gar nicht weiter ausmalen.

Man musste doch etwas tun! ER musste etwas tun!

Er konnte unmöglich ruhig hier liegen bleiben, während die freundliche, sympathische Christine in den Händen dieser Entführer war.

Er hatte der Polizei zwar mit dem Foto auf seinem Handy und der Beobachtung mit dem Kaugummi helfen können, was die Ermittler allerdings mit den Informationen gemacht hatten, wusste er nicht. Zu gern hätte er erfahren, ob sie das Auto schon gefunden hatten und ob der Entführer von damals in die Sache verwickelt war.

Der Entführer von damals ... alle sprachen immer wieder von dieser Entführung, doch wie war das wirklich gewesen? Was genau hatte sich in dieser bis dahin so friedlichen Gegend abgespielt? Wer war damals alles beteiligt gewesen und wer hatte den Täter gestellt?

Tim hatte bisher noch nicht den Mut gehabt, näher nachzufragen – er wollte nicht als neugieriger Teenager gelten, der nur darauf aus war, die spektakuläre Geschichte in den sozialen Medien auszuschlachten. Er konnte sich nicht vorstellen, dass der italienische Commissario mit seinen hässlichen, glänzenden Cowboystiefeln das Zeug dazu gehabt hatte, den Täter dingfest zu machen. Auch dieser Frau Schmalgruber traute er eine echte Verbrecherjagd nicht zu.

Irgendjemand hatte angedeutet, dass sich damals eine Gruppe mutiger Hotelmitarbeiter zusammen mit Christine auf den Weg gemacht hatte, Wolfgang Moser zu befreien. Er sollte dem Chef des Hauses den Vorschlag machen, wieder eine Gruppe Freiwilliger zusammenzustellen. Mit dem Generale hätten sie sogar einen Profi in ihren Reihen. Er selbst würde keine Sekunde zögern, aktiv bei den Ermittlungen mitzuhelfen, Verdächtige zu befragen, Recherchen anzustellen. Das hatte ihn schon immer fasziniert. Vielleicht sollte er doch die geplante Ausbildung als Feinmechaniker sausen lassen und sich bei der Polizei bewerben?

Doch zunächst musste er Informationen einholen. Er musste wissen, was damals genau passiert war.

Entschlossen sprang er auf, lief in die Lobby, setzte sich an den Computer, der für die Gäste zur Verfügung stand und suchte im Internet nach Informationen zu dem Entführungsfall vom September 2014.

Mit offenem Mund starrte Tim auf den Bildschirm, vergaß alles um sich herum, las die Zeitungsartikel von damals. Sicher, er hatte schon einiges über die Vorkommnisse gewusst, aber die näheren Zusammenhänge waren ihm bisher nicht klar gewesen.

Es war ihm neu, dass eine ältere Dame aus Deutschland an den Ermittlungen beteiligt gewesen und ein Gast in Verdacht geraten war. Wie sich herausgestellt hatte, war dieser Mann tatsächlich ein nichtehelicher Sohn des Malers gewesen, aber nicht der Entführer.

Dann hatte man ernsthaft Hans Völkl im Visier gehabt. Ihren langjährigen Bekannten und Stammgast Hans Völkl aus Innsbruck.

Und das nur, weil er Kunstsammler war.

Tim konnte es nicht fassen. Dieser freundliche, zuvorkommende Mann sollte tatsächlich Herrn Moser entführt und in einem feuchten Keller gefangen gehalten haben, um an irgendwelche Bilder ranzukommen, von denen noch gar nicht klar war, ob es sie überhaupt gab?

Er las weiter, durchforstete verschiedene Zeitungen. Zu seinem Erstaunen hatte der Fall damals hohe Wellen geschlagen. Auch in Österreich, Deutschland und der Schweiz war über die Entführung berichtet worden.

Plötzlich stutzte er. Hier stand, dass der Täter, ein gewisser Bernd H. und seine Frau auch aus Innsbruck waren – genauso wie Hans Völkl.

Konnte das ein Zufall gewesen sein?

Oder war er doch in die Sache involviert gewesen?

Tim rutschte unruhig auf dem Stuhl hin und her. Die beiden Cocktails forderten ihren Tribut: Er musste auf die Toilette.

Mit einem bedauernden Seufzer löschte er die Chronik und schaltete den PC aus. Schließlich sollte niemand sehen, wofür er sich interessiert hatte.

Eilig rannte er die Treppe hinunter. Auf halber Strecke spürte er, wie sein Handy in der Tasche seiner Shorts vibrierte. Er zog das Gerät heraus. Es war eine Nachricht von Lena. Sie wollte zu ihrer Lieblingsbadestelle am großen Montiggler See und fragte, ob er mitkommen wolle.

Er überlegte kurz, entschied sich aber dafür, hierzubleiben. Die Recherchen waren einfach zu spannend. Er hätte jetzt keine Ruhe, auf einer Luftmatratze über den See zu paddeln.

Während er die Nachricht eintippte, hörte er eine Stimme aus der Herrentoilette.

„… dir doch gesagt, du sollst dich um die Bilder kümmern."

Tim horchte auf. War das nicht die Stimme von …

„Natürlich ist es eilig! Sie wurden heute morgen abgeholt … ja, vier Stück … die Sammler warten schon lange darauf … ja, es hat alles geklappt."

Eine Gänsehaut lief über seinen Rücken.

Sprach da tatsächlich jemand über den Diebstahl von gestern?

„Kümmere dich darum! Ich melde mich später noch einmal."

Tim erschrak und drückte sich unwillkürlich in einen dunklen Winkel unter der Treppe. Ein unbestimmtes Gefühl sagte ihm, dass es besser war, nicht gesehen zu werden.

Die Tür der Toilette ging auf.

Tim linste vorsichtig aus der Dunkelheit hervor und erkannte einen großen, kräftigen Mann mit schlohweißem Haar.

20

Commissario Roberto Pagani stand in einem kleinen, dunklen Raum und sah durch den Einwegspiegel in den Verhörraum hinein.

Der Mann, den er eben befragt hatte, sah sich gelangweilt um und wartete. Er hatte sich als Polizist ausgegeben und gemeinsam mit zwei Komplizen im Gartenhotel Moser acht Gemälde gestohlen und die Hotelchefin entführt.

So glaubten sie zumindest.

Im ersten Verhör hatte er alles abgestritten, obwohl er bei dem Versuch, eines der Gemälde zu verkaufen, festgenommen worden war.

Nein, er habe niemanden entführt, sei noch nie in Montiggl gewesen, wisse nicht einmal, wo dieses Nest überhaupt lag.

Und die langweiligen Bilder habe er gefunden.

Pagani hatte ihn mit der Tatsache konfrontiert, dass vor dem Hotel ein Kaugummi mit seiner DNA gefunden worden war.

Daraufhin hatte er nur mit den Schultern gezuckt und gesagt, er wolle seinen Anwalt sprechen.

Dabei hatten ihn doch so viele Leute gesehen und würden ihn sicher wiedererkennen. Am liebsten hätte Pagani den Kerl mit dem Handy fotografiert und das Bild an Wolfgang Moser geschickt mit der Bitte, den Mann zu identifizieren, aber so einfach war Polizeiarbeit leider nicht – zumindest hier im ordentlichen Südtirol.

Wenn man einem Zeugen zur Identifizierung eines Verdächtigen einfach ein Foto zeigte, musste dieser ja annehmen, dass es sich um die gesuchte Person handelte.

Deshalb war es Vorschrift, die Fotos von acht Personen zur Auswahl zu stellen – auf einer so genannten Achtertafel, oder, wie es in schönstem Beamtendeutsch hieß, einer Wahllichtbildvorlage.

Pagani schüttelte sich.

Was war das bitte für ein Begriff?

Nie in seinem Leben würde er in der Lage sein, dieses Wortungetüm auszusprechen, er brach sich ja schon bei der Achtertafel fast die Zunge ab.

Da war es doch von Vorteil, die eifrige Kollegin an seiner Seite zu haben. Seit einer halben Stunde saß sie schon in ihrem Büro und fertigte eine solche Wahllichtbildvorlage an, um damit später wieder in dieses verlassene Tal zu fahren und sie den Leuten zu zeigen.

Er selbst hatte keinerlei Zweifel daran, dass sie den angeblichen Ispettore Bellini geschnappt hatten. Es war Francesco Rizzi, ein polizeibekannter Kleinganove, der sich immer wieder für Jobs dieser Art anwerben ließ. Angeblich wisse er nicht, wer der Auftraggeber sei, weil er von der ganzen Diebstahls- und Entführungsgeschichte keine Ahnung habe.

Pagani hatte alles Mögliche versucht, um ihn zu einer Aussage zu bewegen. Vergeblich.

Der Kerl wusste genau, wie es lief, wusste, dass er durch den Einwegspiegel beobachtet wurde, dass er eigentlich schon überführt war, es aber noch geraume Zeit dauern würde, bis die Polizei genug Beweise zusammen hätte, um beim Richter einen Haftbefehl zu erwirken.

Er spielte auf Zeit – und wusste, dass er damit den ungeduldigen Commissario auf die Palme brachte.

Jetzt setzte er sogar noch eine arrogante Miene auf und zwinkerte ihn durch den Spiegel an.

„Porca miseria!", fluchte Pagani, stürmte wutschnaubend hinaus in den Gang und wäre beinahe mit seiner jungen Kollegin zusammengestoßen.

„Lass dich doch nicht von ihm provozieren", riet sie ihm grinsend mit ihrer fast unerträglichen Gelassenheit. Brachte denn diese Frau nichts und niemand aus dem Konzept? Kein renitenter Verdächtiger? Jammernder Angehöriger? Uneinsichtiger Richter? Sie war immer die Ruhe selbst, während er schon fast vor Wut explodiert war.

Und dann malträtierte sie ihn auch noch mit gut gemeinten Ratschlägen, die sie bestimmt in diesen vielen Kursen gelernt hatte, die sie nebenbei auch noch besuchte. Kriminalpsychologie, klientenzentrierte Gesprächsführung, neurolinguistisches Programmieren ...

Ihm schwirrte allein schon bei den Titeln der vielen Seminare der Kopf.

„Ich habe die Achtertafel fertig. Wir können fahren." Sie warf ihm einen verschmitzten Blick zu. „Oder willst du dich lieber noch einmal mit unserem Francesco unterhalten?"

Und da war sie wieder – diese Entscheidung zwischen Pest und Cholera! Einen überheblichen Verdächtigen verhören oder mit der perfekten Kollegin in die Wildnis fahren?

„Und was machen wir mit ihm?"

„Wir sorgen dafür, dass er uns nicht wegläuft. Es gibt noch die eine oder andere freie Zelle im Keller."

Sie nickte dem Uniformierten zu, der vor der Tür zum Verhörraum stand.

Der erste Lichtblick des Tages war die Fahrt nach Montiggl. Die Sonne schien und der Zufall wollte es, dass der neueste Dienstwagen frei gewesen war. Commissario Pagani fuhr auf die Schnellstraße Richtung Meran, ignorierte sowohl die Geschwindigkeitsbeschränkung als auch die missbilligenden Blicke vom Beifahrersitz und genoss die wenigen Kilometer mit Tempo 170, bevor er schon wieder die Ausfahrt in Richtung Kaltern nehmen musste.

Pling

Sabine Schmalgrubers Handy meldete sich.

„Wir haben die Information von der Telefongesellschaft."

Pagani hatte die Kollegen im Präsidium gebeten, sich um die Verbindungsdaten von Bernd und Heike Hofmann und Francesco Rizzi zu kümmern.

„Und?"

„Bei Hofmanns Verbindungen sind einige Handynummern von Prepaid-Handys dabei, die müssen erst noch ausgewertet werden. Sonst nichts Auffälliges."

„Und Rizzi?"

„Da haben die Kollegen natürlich auch nichts gefunden. Er ist nicht so dumm, die ganzen Absprachen mit seinen Auftraggebern mit einem Apparat abzuwickeln, der auf seinen Namen angemeldet ist."

„War ja klar", brummte Pagani.

„Warte, da ist doch etwas Interessantes. Er hat einen Anruf von einer Nummer in Mailand bekommen."

„Und?"

„Es ist ein Galerist."

„Und weiter?"

„Du ahnst nicht, mit wem genau dieser Galerist nur zehn Minuten später gesprochen hat."

„Ist das hier ein Quiz, oder was?!"

„Mit einem Kunstsammler, der uns schon beim letzten Fall in Montiggl begegnet ist und aktuell wieder im Gartenhotel Urlaub macht. Der gute Mann heißt Hans Völkl."

21

Die Nacht war schrecklich gewesen, so wie der vergangene Tag auch. Leider – oder Gott sei Dank – hatte sich gestern niemand um sie gekümmert. Sie hatten ihr lediglich durch einen Spalt etwas Brot, eine Flasche Wasser und einen Schokoriegel hereingereicht. Und ihr gesagt, sie solle den alten Holzeimer als Toilette benutzen. Widerlich!

Zum Glück hatte sie ein Kleid an – einen Hosenknopf hätte sie mit den gefesselten Händen gar nicht öffnen können. Christine schwankte ständig zwischen Wut und Verzweiflung, brach in Tränen aus und trat wenig später wieder voller Zorn gegen die Schuppentür. Es musste doch irgendwo hier drin eine Möglichkeit geben, die Fesseln durchzuschneiden, ihre Handgelenke waren schon ganz wund. Gestern war es zu dunkel gewesen, um den Schuppen richtig zu durchsuchen, deshalb rappelte sie sich jetzt auf und durchforstete jeden Winkel.

Da! In einer dunklen Ecke stand ein alter, verrosteter Spaten. Voller Hoffnung legte sie das Gerät so zurecht, dass sie mit den Fesseln über das Metallblatt reiben konnte, was ziemlich umständlich war. Immer wieder rutschte sie ab und ritzte sich schmerzhaft in die Haut. Sie stieß einen lauten Fluch aus und machte verbissen weiter. Da sie sich nicht darauf verlassen konnte, zeitnah gefunden zu werden, musste sie ihr Schicksal selbst in die Hand nehmen – wie Wolfgang vor vier Jahren. Ihre Augen wurden feucht, als sie daran dachte, wie verzweifelt er sein müsste. Wie sollte er sie hier finden? Er gab hunderte oder sogar tausende solcher Schuppen in Südtirol.

Trotz allem hatte sie ein Fünkchen Hoffnung, dass möglicherweise die Polizei erste Hinweise auf die Täter haben könnte. Sie hatte ein Gespräch mit angehört. Der Entführer, der sich Bellini genannt hatte, hatte wohl versucht, einige Bilder auf dem Schwarzmarkt am Brenner zu verkaufen und war aufgeflogen.

Signora Pirner, oder wie auch immer die Frau hieß, und ihr Kompagnon waren ziemlich nervös geworden. Die Polizei müsste es doch schaffen, diesem Kerl Informationen zu entlocken und sie möglichst schnell hier herauszuholen.

Und wenn es die Polizei nicht schaffte, dann würde bestimmt ihr Wolfgang alle Hebel in Bewegung setzen, um sie zu finden.

22

Ein Lächeln breitet sich auf meinem Gesicht aus. Das erste Lächeln seit langer Zeit.
Ich halte das Handy noch in der Hand, lese die Nachricht noch einmal und noch einmal.
Endlich ein Hoffnungsschimmer, ein Lichtblick in diesen schwierigen Tagen. Eine willkommene Abwechslung vom ständigen Grübeln.
Die Gedanken an die Bilder sind übermächtig. Sie bestimmen meinen Alltag, verfolgen mich bis in meine Träume. Dann die Besuche der Polizei, die Verdächtigungen, Befragungen, Unterstellungen. Sie lassen die Erinnerung an die fürchterliche Zeit im Gefängnis wieder lebendig werden.
Hört das denn nie auf?
Und jetzt diese Zeilen.
Ich freue mich, bin gespannt.
Sie hat eine Überraschung für mich. Ich soll hinauf zum Mendelpass kommen – schnell!
Eilig schlüpfe ich in meine Schuhe und stürme nach draußen. Beim Losfahren lasse ich die Reifen quietschen.
Ich liebe es, schnell zu fahren, mich in die Kurven zu legen, auch wenn das Geld bisher nur für einen Fiat Panda gereicht hat.
Ich genieße es trotzdem und freue mich.

23

Die Sonne brannte unbarmherzig auf das Autodach. Das Thermometer zeigte noch weit über 20°C an. Generale Senti öffnete das Seitenfenster und atmete tief durch. Er war müde, musste aufpassen, dass ihm nicht die Augen zufielen. Die vergangenen Tage waren anstrengend gewesen, er hatte wenig geschlafen – zu wenig. Die Mosers hatten ihm vertraut, hatten ihn engagiert, um die kostbaren Kunstwerke zu bewachen. Und jetzt waren nicht nur acht Gemälde verschwunden – sondern auch die Hotelchefin. Man hatte ihn ausgetrickst, ihn vorgeführt, überlistet. Er hätte sich die Ausweise und das angebliche Schreiben vom Staatsanwalt genauer ansehen müssen, hätte den Betrug aufdecken und die Täter dingfest machen müssen. Er hatte versagt, hatte seelenruhig zugesehen, wie die Verbrecher ein Bild nach dem anderen davongetragen hatten. Er hatte etwas gut zu machen. Deshalb hatte er auch Wolfgang Moser vorgeschlagen, eine *Task Force* ins Leben zu rufen. Wenn die Polizei nicht bis morgen früh die Täter gefasst und die Hotelchefin befreit hätte, müssten sie selbst aktiv werden. Moser sollte versuchen, möglichst viele Freiwillige zusammenzutrommeln. Die würden dann sinnvoll auf die einzelnen Gebiete aufgeteilt werden. Eine logistische Herausforderung, an der sicher viele scheitern würden, die aber für ihn, den Generale, die passende Aufgabe war. Wenn die Suche nicht akribisch geplant war und systematisch ablief, könnte man sich den Aufwand gleich sparen. Doch bevor sie mit einem möglichst großen Aufgebot an Helfern ausschwärmten, hatte er für sich selbst eine spezielle Aufgabe vorgesehen: er würde den Hauptverdächtigen observieren. Es war doch mehr als wahrscheinlich, dass Bernd Hofmann der Entführer war und über kurz oder lang zu seinem Opfer fahren würde. Deshalb hatte er gegen Mittag hier in Sichtweite zu Hofmanns Wohnung Stellung bezogen. Das Auto des Paares stand am Straßenrand. Mit diesem kleinen Fiat Panda würde er sicher fertig werden, sollte es zu einer Verfolgungsjagd kommen, was er sich insgeheim wünschte.

Vor seinem geistigen Auge sah er sich schon als Held, der Christine Moser befreite und das Diebesgut unversehrt ins Hotel zurückbrachte.

Aber noch war es nicht soweit.

Noch musste er warten und mit allzu menschlichen Problemen zurechtkommen: Er musste dringend auf die Toilette. Seit über einer Stunde überlegte er schon, wo er unauffällig sein Geschäft erledigen konnte, ohne das Haus aus den Augen zu lassen.

In der nächsten Seitenstraße lag ein kleiner Park mit vielen dichten Büschen, die optimal dazu geeignet waren, sich zu erleichtern.

Aber dann hätte er die Haustür nicht mehr im Blick ...

Es ging nicht mehr!

Er stürmte aus dem Wagen, lief mit zusammengekniffenen Beinen auf das Grün zu und erreichte buchstäblich im letzten Moment das rettende Gebüsch.

Endlich! Das tat so gut!

Er fühlte sich geradezu euphorisch, als er kurz darauf zu seinem Wagen zurücklief und zu dem kleinen Fiat hinübersah – oder zu der Stelle, an der das Auto wenige Minuten zuvor noch gestanden hatte.

Schockiert blickte er sich um und sah gerade noch, wie der Panda um die Ecke bog.

Der Generale sprang in seinen Wagen, startete den Motor und drückte aufs Gas. Er durfte den Flüchtenden nicht aus den Augen verlieren, musste aber dabei sichergehen, dass er selbst nicht bemerkt wurde.

Dort vorne sah er das rote Auto. Es fuhr den Berg hinauf in Richtung Gampenpass.

Der Generale hinterher.

Wo wollte dieser Kerl hin?

Egal! Er würde sich nicht abschütteln lassen.

Er konnte erkennen, dass eine Person im Auto saß, eine große Person. Der Generale war überzeugt davon, dass es Bernd Hofmann war. Er würde ihn zum Versteck der Bilder und zur bedauernswerten Hotelchefin bringen.

Der rote Fiat wurde immer schneller, legte sich in die Kurven, drohte beinahe umzukippen. Hatte Hofmann seinen Verfolger etwa bemerkt?

Generale Senti ließ sich etwas zurückfallen, holte wieder auf. Weiter ging es in rasanter Geschwindigkeit durch den Wald, vorbei an St. Georg, immer weiter hinauf.

Bald hatten sie den kleinen Ort Naraun hinter sich gelassen, nahmen die steile Kehre in Bad Gfrill und näherten sich der Passhöhe.

Wo hatte Hofmann nur sein Versteck? Wo lagen die Bilder? Wo wartete Christine Moser sehnsüchtig darauf, befreit zu werden?

Hoffentlich hatte Bernd Hofmann seinen Verfolger nicht bemerkt, ansonsten würde er ihn sicher nicht zu seinem Opfer bringen.

Der Generale schwitzte, auch das geöffnete Fenster brachte keine Abkühlung. Warum hatte er die Uniformjacke nicht ausgezogen? Sein Gesicht war hochrot, die Klimaanlage lief auf Maximum.

Konzentriert lenkte er den Wagen den Pass hinab in Richtung Fondo, vorbei an kleinen Dörfern und einsamen Gehöften. Der Fiat fuhr mit unveränderter Geschwindigkeit weiter, machte keine Anstalten, irgendwo anzuhalten.

Mit Tempo 80 raste er durch Fondo und nahm kurz darauf im Kreisverkehr vor Cavareno die Ausfahrt zum Mendelpass.

Generale Senti stöhnte. Noch eine Passstraße, noch einmal steile Kehren, noch einmal die Möglichkeit, von Hofmann abgehängt zu werden.

Plötzlich setzte sein Herzschlag kurz aus.

Die Tankanzeige leuchtete auf. Verdammt! Wie hatte ihm das passieren können? Wenn ihm jetzt mitten auf dem Mendelpass der Sprit ausging, musste Christine Moser weiter leiden, weil er es bei all der Aufregung versäumt hatte, zu tanken. Er fluchte laut und schlug mit der Hand auf das Lenkrad. Das Auto machte einen Schlenker nach rechts und blieb beinahe an einem Begrenzungspfosten hängen. Der Generale riss das Steuer herum.

Er keuchte. So etwas durfte nicht passieren, nicht ihm und erst recht nicht jetzt. Schweiß lief ihm in kleinen Rinnsalen über das Gesicht. Der Kragen seines Hemdes war bereits völlig durchnässt.

Noch zwei Kilometer bis zur Passhöhe.

Immer wieder tauchte der rote Panda zwischen den Bäumen auf. Der Generale umschloss das Lenkrad so fest mit beiden Händen, dass die Fingerknöchel weiß hervortraten. Er ignorierte die leuchtende Tankanzeige, wollte sich keine Unaufmerksamkeit mehr leisten, wollte den Täter stellen.

Vielleicht hatte Hofmann sein Versteck in einem der leerstehenden Gebäude oben auf dem Mendelpass eingerichtet? Neben unzähligen Sportartikelgeschäften, Restaurants, Cafés, Souvenirläden und Hotels gab es auch einige alte, ehemals ehrwürdige Gebäude mit zugenagelten Fenstern und verwilderten Gärten, die dem Ort eine morbide Atmosphäre verliehen.

In einem dieser verlassenen Hotels gäbe es sicherlich genug Platz, um Hehlerware und bei Bedarf auch Geiseln sicher zu verstecken. Kein Mensch würde sie hier vermuten.

Fast keiner.

Bernd Hofmann schien jedoch andere Pläne zu haben, lenkte seinen Wagen an all diesen potenziellen Verstecken vorbei, passierte die Passhöhe und preschte auf die erste Kehre zu, die nächste und die nächste.

Es folgten weitere Kehren, eine spitzer und steiler als die andere. Es war Vorsicht geboten. Abbremsen, steil um die Kurve fahren, wieder rollen lassen.

Die Tankanzeige hatte begonnen zu blinken.

Egal. Bergab brauchte das Auto ohnehin nicht viel Benzin.

Der Fiat war weit voraus. Sicher hatte Hofmann inzwischen bemerkt, dass er verfolgt wurde, fuhr immer waghalsiger, immer riskanter.

Der Mann war offensichtlich lebensmüde.

Generale Senti konnte mit dem Tempo kaum mithalten, ohne sein eigenes Leben zu riskieren. Die nächste Kehre war bereits in Sicht. Diesmal bremste der Fiat nicht ab, fuhr mit unverminderter Geschwindigkeit weiter.

Die Kehre kam näher.

Das Auto wurde schneller, immer schneller.

Noch fünfzig Meter.

Immer schneller und schneller.

Noch dreißig Meter.

Der Generale schrie auf, stieg auf die Bremse.

Hofmann riss das Steuer herum.

Die Reifen quietschten.

Der Wagen segelte weit über die Kurve hinaus …

Ein Krachen!

Dann war es still.

24

Im Gegensatz zum vergangenen Tag standen nur wenige Fahrzeuge auf dem Parkplatz des Hotels. Pagani warf seiner Kollegin einen verwunderten Blick zu. Gestern hatten sie Schwierigkeiten gehabt, eine Parklücke zu finden, jetzt hatten sie freie Auswahl.

„Was ist denn hier los? Wo sind die denn alle?" Der Commissario sperrte das Auto ab. „Ich hoffe, wir finden jemanden, dem wir diese Achtafel zeigen können."

„Achtertafel", verbesserte ihn Sabine Schmalgruber grinsend. „Achtertafel oder Wahllichtbildvorlage."

„Me ne frega", murmelte Pagani vor sich hin.

„Das sollte dir aber nicht egal sein."

Dieser Oberlehrer-Tonfall brachte Pagani immer auf die Palme. Er hatte schon öfter die Vermutung gehabt, Sabine arbeite nebenbei für die Deutschlehrerin, die sich monatelang vergeblich mit ihm abgemüht hatte. Wenn sich nämlich herausstellten sollte, dass es mit seinen Sprachkenntnissen bergab statt bergauf gehen sollte, müsste er damit rechnen, zu einem weiteren Kurs zwangsverpflichtet zu werden. Und das war unvorstellbar.

Sie betraten das Foyer. Auch hier war es still, ungewohnt still. Die Rezeption war unbesetzt, niemand stand in der Hotelbar hinter dem Tresen. Die sonst gut besuchte Terrasse und die Liegen rund um den Pool waren nur spärlich besetzt.

„Hallo", begrüßte sie eine junge Frau im Dirndl. Es war Nadine, die Service-Chefin, die offensichtlich für die wenigen verbliebenen Gäste zuständig war. „Sie sind doch von der Polizei, oder? Haben Sie Frau Moser gefunden?"

„Nein, leider noch nicht. Wir haben noch ein paar Fragen an Sie. Können wir uns kurz setzen?"

„Sicher, gern. Es ist ja gerade nicht viel los."

Sabine Schmalgruber zog ein Blatt Papier mit der Achtertafel aus ihrer Tasche und legte es auf den Tisch.

„Wir haben einen der falschen Polizisten festgenommen", übernahm Pagani das Wort. „Er wollte einige der gestohlenen Bilder auf dem Schwarzmarkt verkaufen. Erkennen Sie ihn auf einem der Fotos?"

Nadine sah sich die Gesichter aufmerksam durch und zeigte dann auf Francesco Rizzi.

„Das ist er. Ganz sicher."

„Gut, wir bräuchten noch die Aussagen der anderen Mitarbeiter, von Herrn Moser und Generale Senti. Sind sie zu sprechen?"

Nadine zögerte und blickte sich nervös um. „Nein, im Moment nicht."

Sie konnte sich denken, dass die Beamten nicht begeistert auf die Tatsache reagieren würden, dass der Generale den angeblichen Hauptverdächtigen observierte, während Wolfgang Moser und einige der Angestellten dabei waren, eine private *Task Force* auf die Beine zu stellen. Die ersten vierzig Helfer hatten schon zugesagt. Sogar die Journalisten, die am vergangenen Tag die Moser-Weingüter besichtigt hatten, hatten ihre Hilfe angeboten.

Pagani horchte auf. „Wo sind sie denn? Und wo sind all Ihre Gäste? Das Hotel wirkt wie ausgestorben."

Nadine riss sich zusammen. Sie durfte den Polizisten gegenüber keine Andeutung machen, sonst war das Projekt gescheitert. „Wissen Sie, einige Gäste sind kurzfristig abgereist, die anderen machen Ausflüge", erklärte sie. „Das Wetter ist doch so schön."

„Und wo sind Ihre Kollegen? Machen die etwa auch einen Ausflug im Sonnenschein?"

Die junge Frau hüstelte. „Nein, sie haben andere Termine."

„Welche anderen Termine?" Der Commissario durchbohrte sie mit seinem Blick. „Sagen Sie bloß, sie sind auf der Suche nach den Entführern?"

Nadine zuckte innerlich zusammen, ließ sich aber nichts anmerken.

„Aber nein, wo denken Sie hin. Das ist doch Sache der Polizei. Ich bin sicher, dass Sie Frau Moser bald finden."

Pagani schielte sie skeptisch an. Es war klar, dass er ihr nicht glaubte. „Haben Sie einen Hinweis bekommen? Sie müssen uns das melden!"

„Einen Hinweis? Was denn für einen Hinweis?" Diesmal war ihr Erstaunen nicht gespielt. „Natürlich hätten wir Ihnen sofort Bescheid gesagt, wenn wir etwas Neues erfahren hätten. Wir wollen doch auch, dass Christine bald wohlbehalten zurückkommt."

„Sie wissen, dass Sie sich strafbar machen, wenn Sie Informationen unterschlagen!"

Für Sabine war es an der Zeit einzuschreiten. Mit polizeilicher Härte würden sie hier nicht weiterkommen. „Bitte sehen Sie doch nach, wer von Ihren Kollegen alles im Haus ist. Wir brauchen noch einige Aussagen zur Identität des angeblichen Ispettore. Roberto, du kannst in der Zwischenzeit die Leute am Pool fragen, ob sie unseren Verdächtigen identifizieren können."

„Mannagia", fluchte Pagani, kniff verärgert den Mund zusammen und machte sich auf den Weg. Er wusste selbst, dass die Kollegin mit ihrer einfühlsamen Art mehr erfahren würde als er. Noch bevor er den ersten potenziellen Zeugen erreicht hatte, klingelte sein Handy.

Das Präsidium.

„Pronto … was? … wo? … gut, wir sind gleich da."

Er steckte den Apparat wieder ein und ging zurück in die Lobby.

„Sabine, wir müssen los."

Commissario Pagani stellte das Blaulicht auf das Autodach und gab Gas.

„Bernd Hofmann ist am Mendelpass verunglückt", berichtete er, als sie das Gartenhotel hinter sich gelassen hatten. „Generale Senti hat ihn gefunden."

Das Gelände am Unfallort war unwegsam und steil. Etwa dreißig Meter abseits der Straße konnten sie zwischen Bäumen und Büschen ein kleines, rotes Auto erkennen – oder das, was von ihm übrig war. Die Unfallstelle war mit rot-weißem Flatterband abgesperrt, auf der schmalen Straße standen Streifenwagen, ein Krankenwagen und das Auto des

Notarztes. Einen Leichenwagen sahen sie nicht.

„Ah, Commissario, das ging aber schnell", begrüßte sie der Notarzt und zog sich die Gummihandschuhe aus. „Der Mann hat Glück gehabt. Das Auto ist im Gebüsch hängengeblieben. Ein paar Kehren früher und wir hätten ihn aus dem Kalterer See fischen können."

Pagani sagte nichts dazu. Er konnte mit dem Humor des Mediziners nichts anfangen, was vermutlich daran lag, dass er allgemein mit Humor so seine Schwierigkeiten hatte.

„Er hat einige Knochenbrüche, Platzwunden und ein Schleudertrauma", fuhr der Arzt ungerührt fort. Er kannte Pagani bereits seit Jahren und hatte kein angeregtes Gespräch erwartet. „Wie es mit inneren Verletzungen aussieht, kann ich nicht beurteilen. Die Kollegen bringen ihn in die Klinik."

„Ist er ansprechbar?"

„Nein, leider nicht. Probieren Sie es doch in ein paar Stunden mal. Einen schönen Tag noch." Er lächelte Sabine Schmalgruber charmant zu und ging zu seinem Auto.

Die Sanitäter hatten den Verletzten bereits in den Krankenwagen geschoben und fuhren mit Blaulicht und Sirene hinunter ins Tal.

„Wisst ihr schon, was passiert ist?", fragte der Commissario die Kollegen.

„Ja, es gibt einen Augenzeugen. Er hat uns auch verständigt. Angeblich ist der Wagen ungebremst aus der Kurve geflogen."

Generale Senti kam den Hang heraufgestapft.

„Buongiorno, Commissario", keuchte er. „Ich war direkt hinter ihm und habe keine Bremslichter gesehen. Überhaupt war der Mann ziemlich schnell unterwegs – zu schnell für meinen Geschmack."

„Sie waren direkt hinter ihm?", fragte Pagani skeptisch nach. „Was soll das heißen?" Dieser Generale war ihm schon im Hotel nicht ganz geheuer gewesen, wie er da mit seiner Uniform und der Pistole die Ausstellung bewacht hatte. Pagani konnte diese selbst ernannten Gesetzeshüter nicht ausstehen, diese Leute, die ständig der Meinung waren, der Polizei unter die Arme greifen zu müssen.

Der Generale sah ihn direkt an. „Das soll heißen, dass ich diesen Mann beschattet habe. Immerhin steht er in Verdacht, die Entführung von Frau Moser und den Diebstahl von acht wertvollen Gemälden beauftragt zu haben."

Pagani schnaubte. „Und dann haben Sie beschlossen, die Arbeit der Polizei zu übernehmen, was?"

Generale Senti ging noch näher auf Pagani zu. „Genauso ist es, Signor Commissario."

Die beiden standen sich jetzt so nah gegenüber, dass sich beinahe ihre Nasenspitzen berührten.

„Jetzt ist aber Schluss", ging Sabine energisch dazwischen. „Wir sind doch hier nicht auf dem Schulhof! Herr Senti, Sie hätten sich unbedingt mit uns absprechen müssen, das wissen Sie selbst am besten und Roberto, lass doch bitte den Generale seine Beobachtungen erzählen. Das ist doch viel wichtiger als euer lächerlicher Machtkampf!"

Wie es schien, hatte sie den richtigen Ton getroffen.

„Jetzt erzählen Sie schon", grummelte Pagani ungehalten.

Der Generale zog seine Uniformjacke glatt und räusperte sich. „Also, ich hatte vor dem Haus von Hofmann Stellung bezogen. Um 16:43 Uhr ist er aus dem Haus gestürmt und losgefahren, den Gampenpass hinauf. Ich war sicher, er bringt mich zu dem Versteck."

„Und dann hätten Sie ihn wohl im Zweikampf überwältigt und Frau Moser befreit?", höhnte der Commissario.

„Was fällt Ihnen ein?!"

„Roberto! Lass das!" Sabine konnte nicht glauben, dass das erwachsene Männer waren, die sich stritten wie zwei Schuljungen. „Bitte erzählen Sie weiter."

„Ich habe versucht, ihn nicht zu verlieren, was gar nicht so einfach war. Naja, und dann an dieser Kehre hat der Verrückte nicht gebremst. Er hat noch versucht, irgendwie um die Kurve zu kommen, aber das war aussichtslos. Das Auto ist mit voller Geschwindigkeit in den Wald gerast. Es ist wirklich ein Wunder, dass der Mann überlebt hat."

„Das hat er vermutlich auch Ihnen zu verdanken", meinte Sabine.

„Vielleicht habe ich ihm damit aber gar keinen Gefallen getan."

„Sie meinen, er wollte sich umbringen?"

„Könnte doch sein."

„Wir sollten uns das Auto genauer anschauen. Vielleicht hat auch jemand nachgeholfen", schlug Sabine vor und machte sich auf den Weg.

Genau das hatte Pagani befürchtet.

Der Wagen stand etwa dreißig Meter von der Straße – und damit vom sauberen Asphalt – entfernt im Wald. Das hieß, er musste dreißig Meter durch den schmutzigen, aufgeweichten Waldboden waten, um das Fahrzeug in Augenschein nehmen zu können – und anschließend wieder zurück.

Summa summarum also sechzig fürchterliche Meter Dreck, Erde und Schlamm – das Todesurteil für seine Cowboystiefel. Während seine diesbezüglich vollkommen unerschrockene Kollegin bereits mit ihren wind-, wasser- und schmutzresistenten Wanderschuhen das Auto erreicht hatte, haderte der Commissario noch immer mit seinem Schicksal. Es würde ihn einen halben Tag Arbeit kosten, den Matsch aus allen Fugen und Nähten wieder zu entfernen.

„Ich habe Gummistiefel für dich in den Kofferraum gepackt", rief ihm Sabine grinsend zu. „Falls du deine Kostbarkeiten nicht schmutzig machen willst."

Ein warmes Gefühl der Dankbarkeit durchströmte ihn, was er natürlich nie zugegeben hätte. Er setzte sein übliches, grummeliges Gesicht auf, zog die hässlichen, aber zweckmäßigen Stiefel aus dem Kofferraum und stellte erleichtert sein edles Schuhwerk hinein. Das war ja gerade noch einmal gut gegangen.

Wie der sprichwörtliche Storch im Salat watete der Commissario auf das kleine rote Auto zu. Bei jedem Schritt musste er befürchten, dass die Stiefel im knöcheltiefen Schlamm steckenblieben.

Der Panda war ein einziger Schrotthaufen. Es grenzte an ein Wunder, dass jemand lebend dieses Wrack verlassen hatte.

Sabine schälte sich mit hochrotem Kopf aus dem Auto heraus und wischte sich über die Stirn.

„Also, ich habe nichts Interessantes gefunden. Das Handschuhfach existiert quasi nicht mehr, auf dem Beifahrersitz und der Rücksitzbank liegt auch nichts."

Pagani öffnete den Kofferraum und entdeckte lediglich eine gehäkelte Decke, die fein säuberlich zusammengelegt am Rand lag. Sonst nichts.

„Was hältst du von der Idee mit dem Suizid?", fragte Sabine.

„Für mich macht das keinen Sinn."

Abgesehen davon, dass Suizid in Paganis Augen eigentlich nie Sinn machte, musste er der Kollegin zustimmen. „Wenn er sich wirklich hätte umbringen wollen, hätte er sich sicher eine bessere Stelle ausgesucht."

„Das denke ich auch. Wir sollten den Wagen zur KTU bringen lassen. Vielleicht hat ja jemand ein bisschen daran geschraubt?" Sie zog ihr Handy heraus. „Ich sage gleich den Kollegen Bescheid."

Pagani stapfte zurück auf die Straße, verstaute die dreckverschmierten Gummistiefel im Kofferraum und schlüpfte erleichtert wieder in sein eigenes Schuhwerk.

„Commissario, das haben mir die Sanitäter gegeben." Der Beamte von der Polizia Stradale gab ihm einen Plastikbeutel mit Handy und Brieftasche. „Das hatte der Verletzte bei sich."

„Danke."

Pagani schaltete das Gerät ein. Erwartungsgemäß war es mit einem Code gesichert.

„Wir fahren nach Lana und sprechen mit seiner Frau. Vielleicht kennt sie den Code", meinte Sabine und klopfte sich den Schmutz von den Schuhen.

„Was denken Sie, wo der Mann hinwollte?", fragte der Generale, der sehr zu Paganis Ärger immer noch hier war.

„Sie sollten das Gelände durchsuchen lassen. Ich vermute, dass er Frau Moser hier irgendwo gefangen hält. Entlang der Passstraße gibt es immer wieder verlassene Häuser, die sich dafür eignen würden."

Das wusste Pagani nur zu gut, hatte er doch einige Jahre zuvor einen Fall gehabt, bei dem das Mordopfer in einem solchen Gebäude versteckt worden war.

„Vielen Dank für den Hinweis", presste er zwischen zusammengebissenen Zähnen hervor, „aber wir wissen, was zu tun ist. Schönen Tag noch."

25

Am nächsten Morgen glich der Parkplatz des Gartenhotels einem Volksfest. Nahezu alle Hausgäste waren gekommen, dazu noch unzählige Tagestouristen und Ausflügler, Radfahrer und Wanderer. Vier glänzende VW Bullys, manche sogar mit historischen Gepäckstücken auf dem Dach, standen bereit. Daneben der schwarze Mercedes mit dem DFB-Schriftzug auf beiden Türen. Kameras wurden verladen, Funkgeräte ausprobiert, Fotos verteilt. Generale Senti lief mit strenger Miene durch die Menge, schickte Leute weg, gab Befehle, winkte weitere Fahrzeuge heran. Wolfgang Moser hatte im Hotel, im Dorf und im Freundes- und Bekanntenkreis einen Aufruf gestartet und Freiwillige gesucht. Auch die DFB-Journalisten hatten sich ohne Zögern bereit erklärt, das zu tun, was die Polizei offensichtlich nicht auf die Reihe bekam: die gestohlenen Gemälde und vor allem die Hotelchefin zu finden.

Der Generale hatte von der gestrigen Verfolgungsjagd berichtet und gemeinsam mit Wolfgang Moser beschlossen, die Freiwilligen loszuschicken. Angeblich hatte die Polizei die leerstehenden Häuser am Mendelpass durchsucht und nichts gefunden, aber das wollte der Generale lieber selbst noch einmal überprüfen.

Tim Arndt stand mit klopfendem Herzen auf dem Balkon seines Zimmers und beobachtete das Geschehen. Er konnte noch immer nicht glauben, was er da gehört und erfahren hatte. Es durfte einfach nicht sein, dass Hans Völkl Teil einer verbrecherischen Bande war und womöglich die Entführung Christines zu verantworten hatte.

Er, den er schon sein ganzes Leben lang kannte, der sie schon zu Hause in Pforzheim besucht hatte, der zum engsten

Bekanntenkreis seiner Familie gehörte.

Konnte man sich so verstellen?

Vorne herum den Freund mimen, um dann hinter dem Rücken illegale Machenschaften zu organisieren?

Tim konnte die Augen nicht von dem weißen Haarschopf abwenden, der immer wieder in der Menge auftauchte.

Noch immer hallten die Worte Völkls in seinen Ohren:

... heute morgen wurden die Bilder abgeholt ... kümmere dich um die Bilder ... die Sammler warten schon.

Tim hatte sich nicht getraut, mit irgendjemandem über das zu sprechen, was er gehört hatte. Nicht einmal Lena hatte er sich anvertraut. Was, wenn er nun der Einzige war, der dem Täter auf die Schliche gekommen war? Müsste er nicht seine Beobachtungen schleunigst der Polizei mitteilen?

Im schlimmsten Fall passierte Christine etwas und er war Schuld daran – weil er geschwiegen hatte.

Aber was würde passieren, wenn er die Polizei alarmierte und sich dann herausstellen würde, dass alles nur ein Missverständnis gewesen war, er alles falsch interpretiert hatte?

Er wäre blamiert bis auf die Knochen, könnte Hans Völkl nie mehr in die Augen sehen. Sie würden sich zerstreiten und nie mehr hier in Montiggl Urlaub machen können.

Er sah schon das enttäuschte Gesicht Völkls vor sich.

Was sollte er nur tun?

Die innerliche Zerrissenheit war unerträglich. Sein Puls raste, Schweiß trat ihm aus allen Poren.

War Völkl nun der Schuldige oder nicht?

„Tim!", hörte er plötzlich wie durch Watte gedämpft jemanden seinen Namen rufen. „Was machst du denn noch da oben? Komm! Es geht gleich los!"

Da stand er.

Groß, weißhaarig, schuldig?

Völkl blickte mit einem Lachen auf dem Gesicht zu ihm hinauf und winkte. „Komm! Du fährst mit mir!"

Tim erstarrte. Er konnte doch nicht zu ihm ins Auto steigen.

Vielleicht wäre er dann der Nächste, der gefesselt und geknebelt irgendwo eingesperrt werden würde.

Seine Zimmertür ging auf. Er zuckte zusammen.

„Was ist denn mit dir los?"

Seine Mutter sah ihn besorgt an. „Du siehst ja richtig krank aus."

Unwillkürlich legte sie ihre Hand an seine Stirn, als sei er immer noch der kleine Sechsjährige in seinem Hochbett mit der „Cars"-Bettwäsche.

„Lass das!", antwortete er unwirsch und bereute es im nächsten Moment gleich wieder. Sie war seine Mutter, sie spürte sofort, wenn irgendetwas nicht in Ordnung war, ihr hatte er noch nie etwas vormachen können.

„Am besten legst du dich gleich hin."

Ich bring dir einen Tee vervollständigte Tim in Gedanken den Satz.

Er wollte keinen Tee, wollte nicht ins Bett, war nicht krank. Kurz überlegte er, ob er sich ihr anvertrauen sollte, da stürmte sein Vater herein.

„So, jetzt aber los! Alle warten nur noch auf uns. Hans nimmt uns mit. Bis später!" Er drückte seiner Frau einen Kuss auf die Wange und schob Tim durch die Tür.

Auf seine Eltern war Verlass.

Die manchmal etwas übertriebene Fürsorglichkeit der Mutter wurde durch den Pragmatismus seines Vaters wieder ausgeglichen. In diesem Fall allerdings war sich Tim nicht sicher, was ihm lieber war. Er rannte einfach seinem Vater hinterher und kletterte auf die Rücksitzbank von Völkls Opel.

„Anschnallen und los geht's!", rief Hans Völkl voller Tatendrang und reihte sich in den Autokorso ein, der, vom Hotelchef im DFB-Mercedes persönlich angeführt, langsam vom Hof rollte.

Tim schluckte.

Hoffentlich ging das gut.

26

Sabine Schmalgruber hatte bereits eine einstündige Joggingrunde und ein gesundes Frühstück hinter sich, als sie gegen 8:00 Uhr morgens ins Präsidium kam. Sie wusste, dass sie vor 9:00 Uhr nicht mit ihrem Kollegen Pagani zu rechnen hatte. Angeblich stehe er bereits um 6:00 Uhr auf, brauche aber die Zeit, um sich selbst und seine Garderobe für den Tag zurechtzumachen. Sabine vermutete, dass er zwischen mehreren Espressi und einigen eilig verspeisten Brioche die meiste Zeit damit beschäftigt war, seine Stiefel zu polieren.

Egal, sie konnte nichts daran ändern, erwies sich doch der geschätzte Kollege diesbezüglich als absolut beratungs-resistent. Wenn er nicht mehr Engagement an den Tag legte, könnte er vermutlich seine Versetzung zurück nach Süd-italien vergessen.

Sabine war voller Tatendrang und wartete gespannt auf die Ergebnisse der Spurensicherung. Sie glaubte nicht daran, dass Bernd Hofmann absichtlich aus der Kurve geflogen war. Vielmehr hatte sie den Verdacht, irgendjemand könnte nachgeholfen haben.

Das Gespräch mit seiner Frau Heike am Tag zuvor war anstrengend gewesen. Immer wieder hatte sie begonnen zu weinen, hatte beteuert, dass weder sie noch ihr Mann etwas mit dem Diebstahl der Bilder und der Entführung zu tun hätten. Trotz aller Tränen und Unschuldsbeteuerungen hatte sie Sabine nicht ganz überzeugen können.

Anschließend hatten sie Heike Hofmann mit in die Klinik genommen, in der Hoffnung, mit dem Verletzten sprechen zu können, doch das war nicht möglich gewesen. Wegen der Schwere der inneren Verletzungen hatten ihn die Ärzte ins künstliche Koma versetzen müssen. Es war fraglich, ob und wann er wieder ansprechbar sein würde.

Es klopfte an der Tür.

„Einen wunderschönen guten Morgen." Korbinian Rottner, der Chef der Spurensicherung, streckte seinen Kopf mit den zerzausten Haaren herein. Sabine schmunzelte, denn sie war überzeugt davon, dass der Spurensicherer im Gegensatz zu Commissario Pagani morgens keine zwei Minuten im Bad verbrachte. Wie unterschiedlich die Menschen doch waren.

„Ich habe den Bericht vom Unfallauto", unterbrach er ihre philosophischen Überlegungen und legte einige Papiere auf den Schreibtisch. „Die Bremsleitung war tatsächlich defekt."

„Also doch kein Suizid?" Sabine nahm den Bericht zur Hand.

„Ich glaube nicht, es sei denn, er hat selbst daran geschraubt, was ich allerdings für unwahrscheinlich halte. Wir haben jedenfalls ein kleines Loch in der Leitung entdeckt, aus dem die Bremsflüssigkeit ausgetreten ist."

„Vielleicht war der Schlauch einfach porös? Es war immerhin ein altes Auto."

„Stimmt schon, porös war er auch, aber nicht undicht. Da hat jemand mit einem Messer einen kleinen Schlitz in den Schlauch geschnitten. Das ist eindeutig. Jetzt müsst ihr sehen, was ihr mit der Information anfangen könnt. Ist Roberto noch gar nicht da?"

„Nein, du kennst ihn doch. Wahrscheinlich steht er gerade vor dem Spiegel und stylt seine Haare mit reichlich Gel."

„Das würde mir nie einfallen." Rottner grinste und fuhr sich durch sein dichtes, blondes Haar. „Außerdem müsste das Gel erst erfunden werden, das in der Lage wäre, meine Mähne zu bändigen."

„Da hast du allerdings recht", lachte Sabine. „Habt ihr auch schon den Code von Hofmanns Handy geknackt?"

„Aber selbstverständlich." Er zog den Apparat hervor. „Sieh dir mal die letzten Nachrichten an. Das könnte eine heiße Spur sein. Ich schicke dir auch noch die Liste mit den Einzelverbindungsnachweisen von Handy und Festnetz. Bis später."

„Danke dir. Du warst wieder einmal sehr fleißig", lobte Sabine den Kollegen und sah ihm mit einem gewissen

Bedauern hinterher. Der sportliche junge Mann war genau ihr Typ, hatte aber leider seit Jahren eine Freundin, der er vor einer Woche einen Heiratsantrag gemacht hatte. Sie seufzte. Schade eigentlich.

„Dann wollen wir mal sehen", murmelte sie vor sich hin und schaltete das Mobiltelefon ein. Wie ihr Korbinian Rottner geraten hatte, sah sie sich zuerst die Nachrichten auf WhatsApp an.

„Also doch!", rief sie triumphierend und griff zum Telefon. „Jetzt kommt endlich Schwung in die Sache."

„Hätte das nicht noch ein paar Minuten Zeit gehabt?", brummelte Pagani ungehalten, als er wenig später neben Sabine im Dienstwagen saß. Er konnte es nicht ausstehen, während seiner morgendlichen Rituale gestört zu werden.

„Jetzt stell dich nicht so an! Die Nachricht auf Hofmanns Handy könnte der Durchbruch sein."

„Das wäre er in einer Viertelstunde auch noch gewesen", knurrte er kaum hörbar und las noch einmal die Zeilen.

Ich habe eine Überraschung für dich.
Komm zu dem verlassenen Haus am Mendelpass. Wir
treffen uns dort.
LG Heike

Vor knapp fünf Jahren hatte er es schon einmal im Rahmen eines Mordfalls mit einem verlassenen Haus am Mendelpass zu tun gehabt. Er hoffte, nicht schon wieder in dem baufälligen Schuppen ermitteln zu müssen.

„Haben die Kollegen nicht gestern Abend noch alles durchsucht?", fragte er hoffnungsvoll.

„Ja, sie haben aber nichts gefunden – keine Gemälde und keine Frau Moser."

„Gut." Er versuchte, sich seine Erleichterung nicht anmerken zu lassen. „Dann können wir ja direkt zu Heike Hofmann fahren."

„Sie putzt gerade in der Kanzlei eines Notars. Ich bin gespannt, was sie zu der Nachricht zu sagen hat."

Pagani wunderte sich. „Jetzt putzt sie in einer Kanzlei?

Während des Parteiverkehrs? Kommen die Putzkräfte nicht immer erst nach Feierabend?"

„Stimmt. Normalerweise schon. Frau Hofmanns Chefin hat gemeint, der Notar habe sie für einige Tage zur Reinigung des Archivs im Keller angefordert."

Pagani warf ihr einen erstaunten Seitenblick zu.

„Zur Reinigung des Archivs im Keller? Was soll das denn sein? Liegen da nicht hochbrisante, geheime Dokumente? Und was gibt es da zu reinigen?"

Sabine zuckte mit den Schultern. „Keine Ahnung. Wir werden es erfahren."

In der Bozner Fußgängerzone war an diesem frühen Morgen noch nicht viel los. Sabine klingelte in der Laubengasse 22 bei *Dr. Eugen Wollberg*.

„Ja, bitte?", quakte es aus der Gegensprechanlage

„Schmalgruber von der Bozner Polizei. Dürfen wir bitte reinkommen?"

Kurzes Schweigen. Dann klickte der Türöffner.

„Zweiter Stock, bitte."

Das Treppenhaus war beeindruckend. Das Wasser in einem kleinen Brunnen plätscherte, edel gekleidete Herrschaften blickten mit ernster Miene von riesigen Ölgemälden auf die Besucher herab. Sabine schritt langsam die Treppe hinauf, wagte es kaum, den Handlauf aus Marmor anzufassen.

„Toll, was?", flüsterte sie ehrfürchtig, während Pagani offensichtlich keinen Sinn für die Schönheit dieser Architektur hatte.

„Mir ist ein Neubau lieber."

Im zweiten Stock wurden sie von einer jungen Sekretärin in engem Kostüm und mit strenger Hochfrisur begrüßt.

„Guten Tag, kommen Sie bitte. Herr Dr. Wollberg kommt gleich zu Ihnen."

Sie führte die beiden Beamten in ein modernes Besprechungszimmer. „Setzen Sie sich doch."

Sabine sah sich enttäuscht um. Nach dem prunkvollen Treppenhaus hätte sie auch in den Büroräumen mit Marmor, üppigen Wandgemälden und Zimmerbrunnen gerechnet. Pagani schien sich dagegen in dem spartanisch eingerichteten, nüchternen Raum sichtlich wohlzufühlen.

„Schade", raunte sie. „Hier sieht es aus wie in jedem anderen Büro auch."

Auch der Mann, der in diesem Moment hereinkam, sah aus wie jeder andere Notar auch – zumindest entsprach er genau dem Klischee, das Sabine von Herren dieses Berufsstandes hatte: mittleres Alter, grau meliertes Haar, hohe Stirn, randlose Brille, maßgeschneiderter Anzug, glänzende Lederschuhe, ernster Gesichtsausdruck.

„Wie kann ich Ihnen helfen?" Auch die Stimme des Notars passte zu der Gesamterscheinung: mechanisch, einschläfernd, professionell.

Sabine fröstelte.

„Wir würden gern mit der Reinigungskraft sprechen, die heute für Sie arbeitet", begann Pagani das Gespräch. Wahrscheinlich war es in diesem Fall besser, die beiden Männer miteinander reden und die weibliche Empathie außen vor zu lassen.

Dr. Wollberg verzog keine Miene, als habe er jederzeit damit gerechnet, dass die Polizei in die Kanzlei kommt, um mit der Putzfrau zu sprechen.

Er drückte den Knopf eines kleinen, schwarzen Kästchens, das auf dem Tisch stand.

„Fräulein Leitner, bringen Sie bitte die Reinigungskraft zu uns."

Fräulein … natürlich bezeichnete er seine Sekretärin als *Fräulein*. Sabine schüttelte sich innerlich.

„Darf ich fragen, worum es geht?"

„Wir würden gern mit Frau Hofmann allein sprechen." Auch der Commissario blieb sachlich, sagte nicht mehr als unbedingt nötig.

Es klopfte an der Tür.

„Ja, bitte!"

Fräulein Leitner kam herein, gefolgt von Heike Hofmann in biederer, blauer Kittelschürze. Fehlte nur noch das Kopftuch wie bei Wilhelm Buschs Witwe Bolte. Das war bestimmt vom Herrn Doktor so gewollt. Sekretärinnen hatten Kostüme in gedeckten Farben zu tragen, Reinigungskräfte blaue Kittelschürzen.

114

„Hallo, Frau Hofmann", begrüßte sie Sabine. „Bitte setzen Sie sich doch." Hier war die weibliche Empathie wieder gefragt.

„Sie?", meinte Heike Hofmann besorgt. „Gibt es Neuigkeiten von Bernd? Ist er aufgewacht?"

Pagani sah Dr. Wollberg an. „Würden Sie uns bitte allein lassen?"

„Aber natürlich." Er erhob sich. Nur zu gern wüsste Sabine, was dem Mann gerade durch den Kopf ging. War er verärgert? Besorgt? Neugierig? „Darf Ihnen meine Sekretärin noch etwas bringen?"

„Nein, danke." Sabine wurde langsam ungeduldig, wollte endlich wissen, was Heike Hofmann zu der Nachricht auf dem Handy ihres Mannes zu sagen hatte.

Die Tür wurde leise geschlossen.

„Was ist passiert? Warum kommen Sie hierher? Woher wissen Sie, wo ich arbeite?"

Nervös rutschte Heike auf dem Stuhl hin und her, zupfte an ihrer Bluse herum, strich sich die Schürze glatt.

„Wir müssten einen Blick auf ihr Handy werfen", fiel Pagani mit der Tür ins Haus.

Sabine nahm sich vor, den Kollegen schnellstmöglich zu einem Psychologie-Kurs zu schicken. Etwas mehr Fingerspitzengefühl müsste man von einem Commissario erwarten können.

Heike zuckte zusammen. „Warum das denn? Sagen Sie mir doch endlich, was mit Bernd ist."

„Ihrem Mann geht es unverändert", antwortete Sabine. „Wir sind nicht wegen ihm hier, sondern wegen Ihnen."

„Wegen mir? Aber was ist denn so wichtig, dass es nicht bis nach Feierabend Zeit hat?"

„Wir haben heute Morgen erfahren, dass die Bremsen des Autos, mit dem Ihr Mann gestern verunglückt ist, manipuliert waren."

„Manipuliert?" Heike riss erschrocken die Augen auf. „Aber wie denn?"

„Es sieht so aus, als habe jemand mit einem Messer ein kleines Loch in die Bremsleitung geschnitten."

Alle Farbe wich aus Heikes Gesicht.

„Wer macht denn so etwas?" Sie war fassungslos. „Ich hätte auch in dem Wagen sitzen können. Wer weiß, vielleicht würden wir jetzt beide ..."

Sie schluchzte. „Warum lässt man uns nicht endlich in Ruhe? Wir haben doch schon genug dafür gebüßt, was wir getan haben."

Sabine reichte ihr ein Taschentuch und sah ihr Gegenüber genau an. Entweder sie spielte sehr überzeugend oder ihre Erschütterung war echt.

„Wir haben noch etwas Interessantes erfahren."

„Ja?"

„Wir wissen jetzt, warum Ihr Mann hinauf zum Mendelpass gefahren ist."

Heike sah auf.

Am Tag zuvor hatten sie sie danach gefragt, sie konnte aber keinen plausiblen Grund nennen. Angeblich liebte er es, Passstraßen zu fahren und sich in die Kurven zu legen. Er träumte schon lange davon, sich ein schnelleres Auto zu kaufen.

Sabine sah sie ernst an. „Sie haben ihn dorthin geschickt."

„Ich habe was?" Sie war völlig perplex.

„Sie haben ihm eine Nachricht aufs Handy geschickt."

„Wann soll das gewesen sein?"

„Genau um 16:40 Uhr"

„Und was habe ich angeblich geschrieben?"

Sabine reichte ihr einen Zettel mit dem Wortlaut der Nachricht.

Heike Hofmann lachte kurz auf.

„Das ist doch ein Witz, oder? Sie unterstellen mir, ich hätte die Bremsen unseres Autos manipuliert und Bernd dann auf den Pass gelockt, damit er mit dem Auto aus der Kurve fliegt?" Aus ihrer Fassungslosigkeit wurde langsam Wut.

„Wie kommen Sie auf einen solchen Blödsinn?"

„Was würden Sie an unserer Stelle denken?"

„Ich habe das nicht geschrieben!"

„Frau Hofmann, die Nachricht wurde eindeutig von Ihrem Handy aus verschickt."

„Niemals!"

„Bitte zeigen Sie uns Ihr Telefon."

„Das habe ich nicht hier."

„Dann holen Sie es her." Pagani funkelte die Frau genervt an.

Heike Hofmann stand auf. „Ich habe meine Sachen im Personalzimmer."

Sabine folgte ihr.

Im Gegensatz zum nüchternen Besprechungsraum war das Personalzimmer gemütlich eingerichtet. Es gab eine bequeme Sitzgruppe, eine kleine Küchenzeile und ein offenes Regal mit einem Fach für jeden Mitarbeiter. Heike holte ihre Handtasche aus dem Fach. „Hier, bitte sehr."

Sie hielt Sabine das Handy entgegen.

„Nennen Sie mir bitte den Code?"

„Ich habe keinen", gab Heike Hofmann zurück.

Verwundert schaltete Sabine das Gerät ein und rief die Liste der gesendeten Nachrichten auf.

Am Mittwoch um 16:45 Uhr wurde tatsächlich keine Nachricht versandt.

„Wo waren Sie gestern um 16:45 Uhr?"

„Hier in der Kanzlei. Ich bin seit Anfang der Woche hier, um unten im Keller zu putzen. Dort ist übrigens kein Empfang."

„Woher wissen Sie so genau, dass Sie um diese Zeit keine Pause gemacht haben?"

Heike Hofmann schielte die Polizistin an. „Weil hier in diesem Büro nur dann Pausen gemacht werden, wenn es der Chef erlaubt und das ist nicht um 16:45 Uhr."

„Wir werden das überprüfen. Das Gerät muss ich mitnehmen. Sie hören wieder von uns."

27

Tim war müde. Seit vier Stunden waren sie jetzt schon unterwegs, waren unzählige schmale Straßen und enge Kehren entlanggefahren und hatten doch nichts gefunden. Keinen gestohlenen Wagen, keine Christine, keinen Hinweis. Nichts.

Nach der anfänglichen Euphorie war die Stimmung im Auto inzwischen gedrückt. Jeder starrte aus dem Fenster, hing seinen Gedanken nach, hoffte, doch noch den dunklen Audi zu finden. Wenigstens hatten sie sich vor einer halben Stunde an der Tankstelle mit etwas Proviant eingedeckt. Mit leerem Magen hätte Tim die ganze Aktion vermutlich nicht ertragen.

„Hast du schon Neuigkeiten von Herrn Moser?", fragte er seinen Vater, der mit seinem Handy in der Hand auf dem Beifahrersitz saß.

„Nein, leider nicht", antwortete Jürgen Arndt seufzend. „Frau Moser könnte überall sein. Es gibt hier ja so viele Verstecke." Er zeigte aus dem Fenster. „Da, schau mal, überall sind einsam gelegene Gehöfte mit Scheunen und Schuppen. Wir können doch nicht bei jedem Bauern anklopfen und fragen, ob wir mal einen Blick in seinen Stall werfen dürfen."

Hans Völkl grinste. „Warum nicht? Schließlich geht es um unsere Christine."

Tim schüttelte den Kopf. Er zweifelte immer mehr daran, dass diese *Bullyparade* Sinn machte. Die Polizei hatte doch bestimmt viel bessere Möglichkeiten als ein paar Touristen, die ziellos durch die Landschaft fuhren. Außerdem war er immer noch unsicher, ob Hans Völkl nicht doch etwas mit der Sache zu tun hatte. Aber würde er dann die ganze Zeit mit ihnen durch die Gegend fahren? Wenn er der

Drahtzieher war, hätte er sie doch schon längst in sein Versteck bringen oder anderweitig beseitigen können. Vielleicht täuschte er sich doch und er hatte das Telefonat im Hotel falsch verstanden? Aber es hatte alles so gut gepasst. Völkl hatte von vier Gemälden gesprochen und dabei so geheimnisvoll getan. Warum war er zum Telefonieren auf die Toilette gegangen? Er hatte sicher etwas zu verbergen. Tim sah den Mann hinter dem Steuer skeptisch an. War das ein Verbrecher? Hatte er die Leute um sich herum getäuscht? Würde er ihn und seinen Vater doch noch in seine Gewalt bringen? Tim hatte weiterhin ein mulmiges Gefühl im Bauch. Er ärgerte sich darüber, dass er sich nicht seinem Vater anvertraut hatte. Mit ihm hätte er sachlich darüber reden können, er hätte ihn nicht falsch verstanden. Aber es hatte sich keine Möglichkeit für ein Gespräch ergeben. Jetzt konnte er nur noch hoffen, dass alles gut ging.

Die Landschaft zog vorbei, die Temperatur im Auto stieg an, die Augenlider wurden schwer.

Tim nickte ein.

„Ich glaube, ich habe vorhin zu viel Wasser getrunken." Hans Völkls fröhliche Stimme riss Tim aus dem Schlaf.

„Ich halte dort vorne mal an. Der Hof sieht nicht bewohnt aus, da finde ich sicher ein stilles Örtchen."

Er verließ die schmale Straße, die sich stetig bergauf durch den Wald schlängelte und hielt vor einem verlassen aussehenden Bauernhaus. Die Fensterläden des Hauses waren geschlossen, aus den Blumenkästen an den verwitterten Balkonen hingen längst vertrocknete Geranien. Zwischen dem Kies auf dem Hof sprießte Unkraut, der Zaun war lückenhaft und windschief. Kein sehr einladendes Bild, für Völkls dringendes Bedürfnis allerdings bestens geeignet.

„Wo sind wir?", fragte Tim benommen. Er war nassgeschwitzt und hatte leichte Kopfschmerzen.

„Kurz vor Völser Aicha", erklärte Jürgen Arndt. Auch er war froh um die kurze Rast. „Komm, wir vertreten uns die Beine."

„Völser, was?" Tim hatte noch nie von einem Ort dieses Namens gehört.

„Das ist ein Ortsteil von Völs am Schlern", erklärte Jürgen.

„Ich gehe sicherheitshalber auch mal um die Ecke, nicht, dass wir in zehn Minuten schon wieder halten müssen."
Tim schälte sich aus dem Wagen und streckte sich. Langsam kehrten seine Lebensgeister wieder zurück.
Das große, alte Haus lag im Schatten der Bäume und übte eine gewisse Faszination auf ihn aus.
Es war ein *lost place*, ein verlassener, vergessener Ort, den man nicht betreten durfte und der genau deshalb so interessant war.
Zu Hause machte sich Tim gemeinsam mit seinem besten Freund Ben oft am Wochenende auf die Suche nach solchen *lost places*. Im Internet kursierten unzählige Videos von jungen Leuten, die – natürlich ohne Erlaubnis – durch leerstehende Fabriken, Krankenhäuser oder Industrieanlagen streiften. Auch er selbst hatte schon das eine oder andere Video ins Netz gestellt. Seine Eltern wussten nichts davon, denn er war sicher, dass es dann mit den spannenden Entdeckungstouren sofort vorbei wäre.
Neben dem Wohnhaus standen zahlreiche Nebengebäude, Schuppen, Ställe, Heuschober. Das Haus war gut verschlossen. Es war wahrscheinlich aussichtslos, eine offene Tür zu finden. Bei den Nebengebäuden sah es da bestimmt besser aus.
Tim sah sich verstohlen um.
Sein Vater und Hans Völkl waren offensichtlich noch auf der Suche nach dem besten Ort für ihr Geschäft, jemand anderes war nicht zu sehen. Auch die Straße war kaum befahren.
Grillen zirpten, Vögel zwitscherten leise. Sonst war es still. Aus dem dichten Wald kam ein kühles Lüftchen und sorgte für eine willkommene Abkühlung.
Wie lange war es wohl her, dass hier Menschen gelebt hatten, der Hof bewirtschaftet war? Vielleicht waren in der Scheune noch alte Ackergeräte? Sensen, Pflüge, Pferdegeschirre? Neugierig schlich Tim auf das hölzerne Tor zu. Es stand einen Spalt offen. Vorsichtig lugte er hinein.
Ein vielversprechender Geruch nach Moder, feuchtem Holz und altem Öl drang in seine Nase. Sein Herz machte einen Satz und schlug einen Takt schneller. Genauso roch es in

einem alten, verlassenen landwirtschaftlichen Betrieb, in dem verrostete Geräte und morsche Heuböden nur darauf warteten, erkundet zu werden.

Wie gern würde er jetzt mit einer starken Taschenlampe, seiner Kamera und Ben das Anwesen erforschen, in alle Ecken hineinleuchten und auf jeden Heuboden klettern.

Schnell schlüpfte er durch das Tor und schloss es hinter sich wieder.

In der großen Halle war es dunkel. Durch die Ritzen drang nur wenig Tageslicht herein. Es dauerte etwas, bis sich seine Augen an die Dunkelheit gewöhnt hatten. Im Inneren der Scheune sah es so aus, als habe der Bauer eben noch gearbeitet.

Alles war noch da.

Ein uralter Traktor mit Anhänger, Heugabeln, ein Werkzeugschrank, Leiterwagen und ein altes Auto, das mit einer schmutzigen Plane verdeckt war.

Tim stutzte. Ein altes Auto? Die Reifen, die unter der Plane hervorschauten, sahen eigentlich gar nicht so alt aus.

Verwundert kam er näher, kniete sich hinunter und hob die Plane etwas an. Fassungslos starrte er auf die Felgen, die Farbe des Lacks, das Kennzeichen.

Es gab keinen Zweifel: Vor ihm stand das gestohlene Auto, nach dem sie bereits den ganzen Tag gesucht hatten!

Eigentlich müsste er vor Freude jubeln, begeistert nach draußen stürmen, seinem Vater und Hans Völkl das Auto zeigen, doch irgendetwas hielt ihn davon ab, sorgte dafür, dass ihm der Schrei im Hals stecken blieb.

Ein Gefühl, eine Ahnung, Angst.

Wenn die Verbrecher das Auto hier versteckt hielten, dann war bestimmt auch Christine in einem der Gebäude gefangen – gut bewacht von bewaffneten Männern.

Tim spürte einen Kloß im Hals, der ihm fast die Luft abschnürte. Wo war sein Vater? Warum war nichts zu hören? Warum brauchte er so lange zum Pinkeln? Oder lag er schon längst gefesselt irgendwo in einem der Nebengebäude?

War Hans Völkl doch derjenige, der das alles zu verantworten hatte? Hatte er sie tatsächlich vier Stunden lang in

Sicherheit gewogen, um sie schließlich doch hierher zu bringen und zu überwältigen?

Tim hatte Angst wie noch nie in seinem Leben. Er keuchte, sein Herz hämmerte in seiner Brust. Er musste Hilfe holen, musste die Polizei alarmieren und Herrn Moser und Mama und Lena ...

Nur mit Mühe konnte er ein Schluchzen unterdrücken. Er lauschte in die Stille.

Oder bildete er sich alles nur ein? Saßen Papa und Völkl längst im Wagen und warteten auf ihn?

Er musste ruhig werden, nachdenken.

Sein Handy!

Voller Hoffnung fasste er sich an die Hosentasche und erstarrte. Es war nicht da. Es musste ihm im Auto aus der Tasche gerutscht sein.

Die alte Scheune, die wenige Minuten zuvor noch eine faszinierende Anziehungskraft auf ihn ausgeübt hatte, wirkte plötzlich bedrohlich, angsteinflößend, wie ein riesiges Gefängnis.

Noch immer war es ruhig. Das Blut rauschte in seinen Ohren, Gedanken rasten durch seinen Kopf. Er musste zum Auto und sein Handy holen.

Konnte er es wagen?

Da! War da nicht ein leises Rufen gewesen? Eine verzweifelte Frauenstimme?

Christine Moser!

Er zuckte zusammen. Da waren Schritte auf dem Kies, leise Stimmen, die näher kamen.

Die Entführer! Bestimmt hatten sie Papa und Völkl überwältigt und suchten nun nach ihm.

Tim ging hinter dem Auto in Deckung, kroch unter die stinkende, schmierige Plane. Vielleicht wussten die Verbrecher nichts von ihm. Papa hatte sicher nicht erzählt, dass er auch dabei war.

Wenn allerdings Hans Völkl der Kopf der Bande war, würde es nicht lange dauern, bis sie ihn gefunden hätten.

Tim kauerte zitternd hinter dem Auto.

Gleich würde es soweit sein.

28

Zum zweiten Mal an diesem Tag waren Pagani und Sabine Schmalgruber auf dem Weg zur Kanzlei von Dr. Wollberg. Die Kollegen hatten festgestellt, dass die Nachricht an Bernd Hofmann eindeutig vom Handy seiner Frau abgeschickt und anschließend wieder gelöscht worden war. Wenn Heike Hofmann die Wahrheit gesagt und zum fraglichen Zeitpunkt tatsächlich im Keller gearbeitet hatte, musste jemand anderes aus der Kanzlei das Telefon aus der Tasche genommen und die Nachricht verschickt haben.

Jemand, der wollte, dass Bernd verunglückte und der Verdacht auf Heike fiel. Aber wer?

Eigentlich kamen dafür nur die Sekretärin und der Notar selbst in Frage. Oder ein Klient, der um diese Zeit in der Kanzlei gewesen war.

Sie brauchten die Verbindungsdaten von Heikes Telefonanschlüssen und am besten auch Einsicht in ihren E-Mail-Verkehr. Aber das war nicht so einfach und brauchte Zeit.

Sabines Handy gab ein leises *Pling* von sich. Es war eine Nachricht aus dem Präsidium.

„Das könnte interessant sein", berichtete sie und steckte den Apparat wieder ein. „Dr. Wollberg war im Februar für das Erbe einer Frau Aloisia Gruber zuständig."

„Ja, und?"

„Sie war diejenige, die Wolfgang Moser die vier Parer-Gemälde vererbt hat. Und der Notar wusste davon."

Pagani überlegte. „Das muss nichts heißen."

Sabine zuckte mit der Schulter. „Kann aber."

„Ja?" Wieder tönte die Stimme der Sekretärin aus der Gegensprechanlage.

„Guten Tag, Frau Leitner. Hier ist Schmalgruber von der

Bozner Polizei. Wir müssten noch einmal mit Dr. Wollberg und Frau Hofmann sprechen."

„Das tut mir leid. Frau Hofmann hat schon Feierabend und Herr Dr. Wollberg ist nicht mehr im Haus."

Sabine sah Pagani überrascht an. Es war gerade einmal früher Nachmittag. Hatte der Notar so wenig Arbeit?

„Dürften wir dann bitte mit Ihnen sprechen? Es ist dringend."

Die Tür ging auf.

Diesmal hatte Sabine keinen Blick für die Schönheiten des Treppenhauses. Sie nahm zwei Stufen auf einmal und stand kurz darauf vor der Tür der Kanzlei.

„Ich glaube nicht, dass ich Ihnen helfen kann."

Es war Antonia Leitner anzumerken, dass sie durch den erneuten Besuch der Polizei verunsichert war.

„Dürfen wir bitte hereinkommen?"

Zögernd trat sie zur Seite. „Wenn Sie meinen."

„Sie sagten, Herr Dr. Wollberg sei außer Haus", begann Sabine, sobald sie im Besprechungszimmer Platz genommen hatten. „Wo ist er denn?"

„Warum ist das wichtig?" Die Sekretärin strich sich nervös über ihren Rock, schob sich eine nicht vorhandene Haarsträhne hinters Ohr. Sie fühlte sich sichtlich unwohl.

„Wenn es nicht wichtig wäre, würden wir nicht fragen", ging Pagani ungehalten dazwischen.

Frau Leitner warf ihm einen erschrockenen Blick zu. „Er hat heute früher Feierabend gemacht."

„Und warum?"

„Das hat er nicht gesagt."

Sabine war sich sicher, dass die Frau mehr wusste, als sie zugab. Loyalität und Verschwiegenheit waren zwar für die Arbeit bei einem Notar unerlässlich, für eine polizeiliche Vernehmung allerdings unpassend.

„Frau Leitner, es geht um Diebstahl und Entführung. Wir …"

„Was sagen Sie da?" Die Sekretärin riss entsetzt die Augen auf. „Entführung? Aber damit hat doch Dr. Wollberg nichts zu tun."

„Da sind wir uns nicht so sicher", meinte Pagani trocken.

„Was soll das alles? Erklären Sie mir doch bitte endlich, was hier los ist? Was ist mit Frau Hofmann?"

„Bitte verstehen Sie, dass wir Ihnen aus ermittlungstechnischen Gründen nicht umfassend Auskunft geben dürfen", übernahm wieder Sabine das Ruder. „Es wäre sehr hilfreich, wenn Sie uns einige Fragen beantworten könnten."

Die junge Frau atmete tief durch.

„Ja, natürlich."

„Arbeitet Frau Hofmann schon länger hier in der Kanzlei?"

„Ja, etwa seit zwei Monaten."

„Und in dieser Woche ist sie engagiert, um im Keller zu putzen."

„Ja, genau."

„Können Sie nachvollziehen, wann Frau Hofmann gestern Nachmittag im Keller beschäftigt war?"

„Den ganzen Nachmittag, denke ich."

„Denken Sie oder wissen Sie? Bitte überlegen Sie genau. War sie um 16:45 Uhr im Keller?"

Antonia Leitner dachte kurz nach.

„Jetzt fällt es mir ein. Ich habe Frau Hofmann von etwa 16:30 bis 17:00 Uhr geholfen, die Ordner wieder ins Regal zu räumen. Es ist wichtig, dass sie in der richtigen Reihenfolge in den Regalen stehen."

„Und wer war in dieser Zeit hier oben in den Büroräumen?"

Die Sekretärin blickte Sabine irritiert an.

„Dr. Wollberg, aber ich verstehe nicht, was …"

„Sind Sie sicher, dass er allein hier war? Könnte er auch Besuch von einem Klienten bekommen haben?"

„Nein, das glaube ich nicht. Es stand kein Termin im Kalender."

„Gut, und jetzt sagen Sie uns bitte, wo Herr Wollberg ist."

„Er wollte eine Runde Fahrrad fahren", stieß sie schließlich unglücklich hervor. „Er ist leidenschaftlicher Rennradfahrer.

„Und wo wollte er hin?"

„Sie glauben doch nicht, dass Herr Dr. Wollberg etwas mit diesem Verbrechen zu tun hat?"

Pagani sah sie eindringlich an. „Sie müssen uns sagen, was Sie wissen. Wo ist er hingefahren?"

„Das hat er nicht gesagt, aber …" Sie zögerte, biss sich auf die Lippen. Inzwischen hatten sich kleine Schweißtropfen auf ihrer Stirn gebildet. Unter ihren Achseln waren dunkle Ränder erkennbar.

„Aber was?"

Sie gab sich einen Ruck. „Ich habe gehört, wie sich die beiden gestritten haben."

„Herr Dr. Wollberg und Frau Hofmann haben sich gestritten?"

„Bitte denken Sie nicht, ich hätte gelauscht." Ihr Gesicht wurde dunkelrot. Es war deutlich zu spüren, wie unangenehm es ihr war, darüber zu sprechen.

„Worum ging es?"

„Das habe ich nicht verstanden, aber es war nicht das erste Mal."

„Ach!" Sabine warf Pagani einen vielsagenden Blick zu. Die Sekretärin wand sich. „Ich weiß nicht, ob ich Ihnen das alles so sagen darf, aber ich habe das Gefühl, dass die beiden …" Sie suchte nach Worten.

„… ein Verhältnis haben?"

„Ja, aber das ist nur so ein Gefühl."

„Wie kommen Sie darauf?"

„Ich habe mich gewundert, dass Herr Dr. Wollberg speziell Frau Hofmann angefordert hat und sie auch während der Öffnungszeiten der Kanzlei da war. Bisher kamen immer unterschiedliche Putzkräfte nach Büroschluss. Außerdem war sie auch öfter bei ihm im Büro oder mit ihm gemeinsam beim Mittagstisch."

„Und heute haben sie sich gestritten."

„Ja, und anschließend ist sie gegangen. Sie war sehr wütend."

„Wann war das genau?"

„Vor etwa zwei Stunden."

„Und wann ist Dr. Wollberg gegangen?"

„Etwa eine Stunde später."

Sabine lächelte die junge Frau an und gab ihr ihre Visitenkarte. „Vielen Dank für die Informationen. Das ist sehr wichtig für uns. Bitte melden Sie sich, wenn Ihnen noch etwas einfällt."

„Das mache ich", versprach die Sekretärin und brachte die Beamten zur Tür.

Sabine und Commissario Pagani waren gerade an der Haustür angekommen, als sie die Stimme von Antonia Leitner aus der Gegensprechanlage hörten.

„Commissaria? Sind Sie noch da?"

„Ja, ich höre Sie."

„Ich glaube ich weiß, wo Herr Dr. Wollberg sein könnte. Er hat öfter vom Haus seiner verstorbenen Mutter erzählt. Es liegt einsam an einer ruhigen, kurvenreichen Straße, die ideal als Trainingsstrecke geeignet ist."

„Wissen Sie, wo das ist?"

„An der Straße nach Völser Aicha."

29

Die Stimmen vor dem Scheunentor wurden leiser und waren schließlich ganz verschwunden.

Schweißgebadet lehnte sich Tim an die kühle Karosserie des Autos und versuchte, ruhig zu atmen. Die Angst steckte noch in seinen Gliedern. Er wagte es nicht, unter der stinkenden Plane hervorzukrabbeln. Allmählich verlangsamte sich sein Herzschlag, er wurde wieder klar im Kopf. Leider hatte er weder die Stimmen erkannt, noch ein Wort davon verstanden, was gesprochen worden war. Ob Hans Völkl dabei gewesen war, konnte er nicht sagen.

Tim zwang sich nachzudenken, zu überlegen, was er jetzt tun sollte. Seine Gedanken überschlugen sich, wechselten im Sekundentakt zwischen Mut und Verzweiflung, Abenteuerlust und Panik hin und her.

Er könnte ein Held werden oder auch das nächste Opfer, könnte versuchen, die Polizei zu alarmieren oder Frau Moser zu befreien. Mit eiskalten, feuchten Händen kramte er die zerknitterte Visitenkarte der netten Polizistin aus der Hosentasche. Aber was nützte ihm die Telefonnummer ohne Handy? Abgesehen davon wusste er nicht, ob es auf diesem verlassenen Hof überhaupt Empfang gab.

Er dachte an seinen Vater, der in diesem Moment womöglich gefesselt irgendwo auf dem Anwesen gefangen gehalten wurde. Vielleicht war er sogar von dem Mann überwältigt worden, dem er seit vielen Jahren vertraut hatte.

Tim hatte Angst, fühlte sich allein gelassen und hatte keine Ahnung, was er jetzt tun sollte.

Da hörte er wieder leise Rufe.

Gespannt lauschte er in die Stille. Ja, das waren eindeutig Hilferufe.

Christine Moser brauchte ihn! Aber statt zu helfen, saß er

zusammengekauert in dieser Scheune und jammerte wie ein kleines Kind.

Tim schämte sich, spürte Wut in sich aufsteigen. Wut auf die rücksichtslosen Verbrecher, auf seinen Vater, der offensichtlich keinen Widerstand geleistet hatte, auf Hans Völkl, der ihnen immer den guten Freund vorgespielt und jetzt wahrscheinlich sein wahres Ich gezeigt hatte. Am meisten ärgerte er sich über sich selbst, dass er jammernd und tatenlos hier herumsaß und darauf wartete, dass jemand anderes etwas unternahm.

Nein! Er selbst war jetzt gefragt! Er musste etwas tun!

Ungeduldig wischte er sich mit dem Ärmel seines T-Shirts über das Gesicht. Er musste sich eine Strategie überlegen. Noch war er im Vorteil. Die Entführer wussten vielleicht gar nicht, dass er hier war, beziehungsweise wo er war.

Fieberhaft überlegte er, was er tun konnte. Er war realistisch genug, zu wissen, dass er als Sechzehnjähriger keine Chance gegen mehrere, vermutlich sogar bewaffnete, erwachsene Männer hatte.

Er musste herausfinden, wo Christine Moser gefangengehalten wurde. Vielleicht konnte er die Tür von außen öffnen, dann wären sie schon zu zweit – ein Sechzehnjähriger und eine vielleicht sogar verletzte Frau.

Vielleicht war sein Vater auch dort gefangen. Dann wären sie zu dritt.

Das waren zu viele Spekulationen. Er musste Hilfe holen – und zwar schnell!

Doch dazu brauchte er sein Handy.

Mit klopfendem Herzen hob er die Plane etwas an.

Alles war ruhig, das Scheunentor geschlossen.

Lautlos schob er sich unter der Abdeckung hervor und sah sich um. Das große Tor führte direkt hinaus auf den Hof, an dessen entgegengesetztem Ende Hans Völkls Auto stand. Es war naiv anzunehmen, dass er es unbemerkt erreichen könnte. Er musste sich von der anderen Seite her anschleichen.

Die Scheune grenzte direkt an den Wald. Wenn es also einen Hinterausgang gäbe, hätte er vielleicht doch noch eine Chance, an sein Handy zu kommen. Tatsächlich war am hinteren Ende der Scheune eine kleine Tür.

Geduckt lief er darauf zu und behielt dabei immer das große Tor im Auge. Wenn jetzt einer der Verbrecher hereinkäme, würde er sofort erwischt werden. Er musste sich beeilen. Allerdings könnte es sein, dass auch sein Fluchtversuch durch die Hintertür nicht unentdeckt bleiben würde, dass ihn die Männer bereits erwarteten.

Mit angehaltenem Atem spähte er durch die Ritzen nach draußen. Wie er vermutet hatte, begann der Wald bereits wenige Meter hinter dem großen Gebäude. Dazwischen lag ein zugewucherter Trampelpfad, alte Gartengeräte und ein Stapel verwittertes Holz.

Außer dem Zwitschern der Vögel war nichts zu hören.

Mit zitternden Fingern schob er vorsichtig den rostigen Riegel zur Seite und öffnete die Tür. Ein hoher Quietschton durchbrach die Stille. Erschrocken hielt er inne, duckte sich hinter eine Regentonne.

Es blieb ruhig.

Tim ließ den Blick über das Gelände schweifen, suchte einen geeigneten Weg zum Auto und entdeckte dabei eine windschiefe Hütte. Sie war mit einem löchrigen Maschendrahtzaun umgeben und sah so aus, als sei sie einmal ein Hühnerstall gewesen. Daneben stand ein Gartenhäuschen mit einem Blumenkasten vor dem winzigen, zugewachsenen Fenster.

Da! War da nicht eine Bewegung hinter der schmutzigen Scheibe gewesen?

Christine!

Er hatte Christine Moser gefunden!

Sein Herz pochte wieder schneller – diesmal vor Freude.

Nur mit Mühe konnte er den Reflex unterdrücken, sofort auf das Häuschen zuzustürmen und die Hotelchefin zu befreien. Er musste weiterhin wachsam sein, überlegen, was als Nächstes zu tun sei.

Eine Gestalt wurde hinter dem Fenster sichtbar, klopfte verzweifelt an die Scheibe, rief um Hilfe.

Tim musste ihr helfen!

Entschlossen verließ er seine Deckung und schlich gut geschützt von dichten Büschen den Trampelpfad entlang.

Den Blick starr auf den Boden geheftet achtete er darauf, nicht versehentlich auf einen morschen Zweig zu treten. Der weiche Waldboden verschluckte jedes Geräusch. Noch wenige Meter.

Wieder hörte er Christines Stimme, das Klopfen an der Scheibe. Er blickte auf und sah ihr verzweifeltes Gesicht am Fenster. Noch hatte sie ihn nicht gesehen. Er freute sich schon auf den Moment, in dem sie realisieren würde, dass ihre grauenhafte Gefangenschaft nun zu Ende sein würde und dass er, Tim Arndt, sie gerettet hatte.

Mit einem Lächeln auf den Lippen ging er weiter, überlegte, ob er es wagen konnte, sich zu zeigen. Doch plötzlich sprang eine Gestalt hinter einem Holzstapel hervor, packte ihn mit stählernem Griff und presste ihm die Hand auf den Mund.

Tim versuchte zu schreien, strampelte und wand sich, doch er hatte keine Chance. Als er den Kopf etwas drehen konnte, erstarrte er. Der Mann, der ihn festhielt, war Hans Völkl.

Dr. Eugen Wollberg lenkte sein Auto durch den dichten Berufsverkehr. Noch eine Viertelstunde, dann würde er die Hektik der Stadt hinter sich gelassen haben. Bereits in der Kanzlei hatte er den steifen Anzug gegen sein knallbuntes Trikot und die gepolsterte Radhose eingetauscht. Durch den Rückspiegel warf er einen wehmütigen Blick auf sein teures Rennrad und seufzte.

Kilometerlange Radtouren, bei denen er entspannen und auf andere Gedanken kommen konnte, waren leider zur Zeit nicht möglich. Die Ereignisse der vergangenen Tage ließen ihn nicht los, raubten ihm die Kraft.

Noch nie hatte er Polizei in seiner Kanzlei gehabt, auch wenn sie angeblich nur wegen seiner Putzfrau gekommen waren.

Heike. Heike Hofmann.

Er hätte sich nie darauf einlassen dürfen, aber es war zu verlockend gewesen. Seine Ehe langweilte ihn schon lange. Aus seiner interessanten, leidenschaftlichen und selbstbewussten Frau war längst ein unscheinbares Hausmütterchen geworden, das ihn jeden Abend mit zugegebenermaßen fantastischem Essen am festlich gedeckten Tisch erwartete.

Das war dann aber auch schon der einzige Höhepunkt des Tages. Im Bett lief schon lange nichts mehr. Im Erfinden diverser Ausreden legte seine Frau eine erstaunliche Kreativität an den Tag.

Da war es in seinen Augen legitim gewesen, sich anderweitig zu orientieren. Heike Hofmann war zum richtigen Zeitpunkt gekommen. Sie war das genaue Gegenteil von seiner Frau. Mit ihr konnte er seine Fantasien ausleben, konnte endlich wieder ein Mann sein. Die Tatsache, dass sie eine verurteilte Verbrecherin war – wenn auch nur als Komplizin – erregte ihn ungemein. Weniger erregend hingegen war die Anwesenheit der Polizei in seinem Büro. Sollte sich das herumsprechen, war sein Ruf ruiniert. Er, der seriöse, vertrauenswürdige Notar hatte ein Verhältnis mit einer ehemaligen Straftäterin.

Nicht auszudenken.

Auch der Streit mit Heike lag ihm noch im Magen. Er würde nur ungern auf die anregenden Stunden und die gemeinsamen Radtouren verzichten. Sie war sportlich und durchtrainiert und hatte ihn schon oft auf seinen Touren durch die Dolomiten begleitet. Er musste unbedingt noch einmal mit ihr sprechen.

Und dann war da noch etwas, was ihn nervös machte, ein Projekt, das drohte, aus dem Ruder zu laufen. Es hatte so perfekt begonnen. Jetzt verselbständigte sich alles. Er musste es beenden. Dringend!

Noch zwei Kilometer, dann hatte er sein Elternhaus erreicht. Er nahm die letzte Kehre, parkte sein Auto auf dem Stellplatz hinter dem Haus und öffnete den Kofferraum. Sein Rennrad war sein ganzer Stolz. Heike hatte ihn schon oft gefragt, warum er es nicht einfach hier im Haus deponierte. Doch er wollte es nicht aus den Augen lassen, wollte nicht riskieren, dass es gestohlen wurde. Deshalb nahm er es jeden Tag mit in die Kanzlei und packte es anschließend in den gut ausgepolsterten Kofferraum seines Autos.

Wehmütig lehnte er das Rad an die Hauswand, hängte den Helm an den Lenker und stellte die Rennradschuhe daneben. Am liebsten hätte er sich sofort in den Sattel geschwungen, doch zuvor hatte er noch etwas Wichtiges zu erledigen.

Christine Moser stand aufgewühlt am Fenster ihres Gefängnisses und starrte nach draußen. Was war da los? Sie hatte Geräusche gehört, Stimmen, Klappern. Ein Auto war in den Hof gefahren. Es musste noch dort stehen, sie hatte es nicht wieder wegfahren hören.

Leise Hoffnung war in ihr aufgekeimt. Vielleicht waren es Touristen, die hier angehalten hatten, um eine kleine Pause einzulegen? Allerdings hatte Christine keine Ahnung davon, wo sie sich befand, ob in dieser Gegend überhaupt Urlauber unterwegs waren.

Lautstark hatte sie um Hilfe gerufen, immer und immer wieder gegen die Tür gehämmert, in der Hoffnung, endlich befreit zu werden.

Dann hatte sie gehört, wie jemand gekommen war, hatte jemanden rufen hören, doch plötzlich waren die Entführer da gewesen und hatten den Mann überwältigt.

Ihre Hoffnung war dahin gewesen. Der vermeintliche Retter war zum Opfer geworden.

Alles Rufen, Bitten und Flehen war wirkungslos verpufft. Lediglich einer der beiden angeblichen Polizisten war vor dem winzigen Fenster aufgetaucht – mit einem triumphierenden Lächeln auf den Lippen.

Christine war verzweifelt. Sie fragte sich, was die Verbrecher mit ihr vorhatten, was noch mit ihr geschehen würde. Ihre Handgelenke waren blutverschmiert und schmerzten. Bei dem Versuch, die Fesseln mit dem rostigen Spaten zu durchtrennen, war sie mehrfach abgerutscht und hatte sich verletzt. Schließlich hatte sie es aufgegeben. Die Wunden waren tief und müssten dringend desinfiziert werden, aber daran war im Augenblick nicht zu denken.

Warum hörte sie niemand? Lag dieser Hof wirklich so abseits? Wieder schossen ihr Tränen in die Augen. Die Polizei musste sie doch endlich finden! Schluchzend ließ sie sich auf den Boden sinken. Wann würde dieser Albtraum vorbei sein?

„Tim, ich bin es." Hans Völkl hatte Mühe, den strampelnden Jungen festzuhalten. „Wir müssen leise sein, sonst hören uns die Verbrecher."

Tim starrte ihn mit angsterfüllten Augen an und wurde langsam ruhiger. „Ich weiß, wo Christine ist", fuhr Völkl im Flüsterton fort und lockerte seinen Griff. „Wir müssen sie befreien."

Keuchend kauerte Tim im Gras. „Was soll das? Warum haben Sie …? Ich habe gedacht, …"

Völkl legte ihm beruhigend die Hand auf die Schulter. „Tut mir leid, dass ich dich erschreckt habe."

„Wo ist Papa?"

„Ich habe gesehen, wie sie ihn ins Haus gebracht haben."

„Wir müssen zu ihm." Tim sprang auf, doch Völkl hielt ihn zurück.

„Bleib hier! Das ist viel zu gefährlich. Wir müssen zu Christine, bevor die beiden wiederkommen. Ich habe vorhin die Polizei alarmiert. Sie werden gleich hier sein."

„Aber …" Tim wusste nicht, was er tun sollte. Die Angst um seinen Vater schnürte ihm die Kehle zu.

„Christine ist dort drüben in dem Gartenhaus. Wir haben nicht viel Zeit. Komm mit!"

Hans Völkl schlich gebückt durch das hohe Gras und ließ dabei die Eingangstür des großen Bauernhauses nicht aus den Augen. Tim folgte ihm zögernd.

Im Gartenhäuschen war es ruhig. Am Fenster war niemand zu sehen.

Vorsichtig schob Völkl den rostigen Riegel zur Seite und öffnete die Tür. Ein Schwall modrig feuchte, stinkende Luft schlug ihm entgegen.

„Christine?", wisperte er in das Dunkel hinein. „Bist du da?" Als sich seine Augen etwas an die Dunkelheit gewöhnt hatten, sah er eine zusammengekauerte Gestalt auf dem Boden sitzen.

„Hans? Hans Völkl?", stotterte Christine Moser ungläubig.

„Ja, Tim ist auch hier."

„Endlich!", stieß sie fassungslos hervor. Eine Woge der Erleichterung durchströmte sie. Endlich war ihr Martyrium vorbei.

„Komm hier raus! Wir müssen schnell zum Auto!"

Sie versuchte aufzustehen, doch ihre Beine gaben nach.

Plötzlich war das Motorengeräusch eines Autos zu hören. Es

fuhr über den Kies und parkte hinter dem Haus.

„Da kommt jemand", flüsterte Tim aufgeregt. „Beeilt euch!"

Eine Autotür wurde zugeschlagen.

Völkl half Christine hoch und trat mit ihr hinaus ins grelle Sonnenlicht.

„Los! In die Scheune!"

Schritte auf dem Kies. Gleich würden sie entdeckt werden. In letzter Sekunde gingen sie hinter einem Holzstapel in Deckung.

„Das war nicht so ausgemacht!", giftete die Frau, die sich *Signora Pirner* genannt hatte und zündete sich eine Zigarette an. „Wir sollten einfach nur diese langweiligen Bilder mitnehmen. Jetzt haben wir schon zwei Leute, die wir loswerden müssen!"

Ispettore di Rosa holte sich eine Flasche Bier aus dem schmutzigen Kühlschrank. „Wir müssen nachschauen, ob der Typ wirklich allein war. Wenn da noch mehr Leute in dem Auto waren, haben wir ein Problem."

„Wir haben jetzt schon ein Problem, du Idiot!", fauchte die Frau. „Die Moserin plärrt ununterbrochen im Gartenhäuschen herum. Es ist nur eine Frage der Zeit, bis der nächste Tourist zum Pinkeln hier hält und sie hört. Wir müssen sie so schnell wie möglich wegschaffen. Und den Kerl im Keller auch!"

„Jetzt reg dich doch nicht so auf. Der Chef hat gesagt, er kümmert sich darum."

„Und wo ist er, der Chef?!", kreischte sie hysterisch. „Er müsste längst hier sein! Seit zwei Tagen lässt er uns schon in dieser gammeligen Hütte sitzen."

Das Handy auf dem Küchentisch vibrierte und zeigte eine SMS an: *Kommt raus*

Signora Pirner trat die Zigarette auf dem Fußboden aus, stürmte durch die Hintertür nach draußen in den Garten und spürte im nächsten Moment einen schmerzhaften Schlag ins Gesicht.

Sie taumelte, stolperte rückwärts und riss Ispettore di Rosa mit zu Boden. Noch ehe sie realisieren konnte, was passiert war, wurde sie grob am Arm gepackt und hochgezerrt.

„Wo ist sie?! Was habt ihr mit ihr gemacht?!"
Verschwommen erkannte sie das zornesrote Gesicht ihres Auftraggebers.
„Was soll das?", blaffte sie. Ihr Kopf schmerzte, die Wange brannte wie Feuer.
„Das frage ich euch!" Er wies in Richtung des Gartenhäuschens.
Ispettore di Rosa rappelte sich auf und starrte ungläubig auf die offene Tür.
„Ihr seid solche Schwachköpfe! Unfähig auf eine Frau aufzupassen!"
Die Signora rannte auf die kleine Hütte zu und sah hinein. Ihr Herzschlag setzte kurz aus. Christine Moser war verschwunden.
„Aber vorhin war sie noch da."
„Wann vorhin?"
„Vor zehn Minuten", berichtete ihr Kompagnon. „Es gab da einen kleinen Zwischenfall", setzte er betreten hinzu.
„Zwischenfall?", brauste der Chef auf. „Was denn für einen Zwischenfall?"
„Da war ein Tourist, der herumgeschnüffelt hat. Ich glaube, er hat das Geschrei der Moserin gehört."
„Was sagst du da? Wo ist er?"
„Wir haben ihn gefesselt und im Keller eingesperrt."
„Das gibt es doch nicht! Seid ihr verrückt geworden? Ihr seid solche Anfänger!"
„Jetzt halt mal die Luft an", brauste die Signora auf. „Du sitzt gemütlich in Anzug und Krawatte in deiner Kanzlei und lässt uns die Drecksarbeit machen. Hol dir doch deine angeblich so wertvollen Gemälde in Zukunft selbst!"
„Das ist immer noch besser als sich mit Amateuren einzulassen. Los jetzt, wir müssen alles durchsuchen. Vermutlich war der Typ nicht allein. Sie können noch nicht weit sein!"
Plötzlich hörten sie unterdrückte Stimmen auf dem Hof.
„Da ist jemand!"
Eine Autotür wurde aufgerissen, der Motor gestartet.
Entsetzt rannten die drei um das Haus herum und sahen Christine Moser gemeinsam mit einem weißhaarigen Mann

und einem Jungen in einem alten Opel sitzen.

Der Kies spritzte, das Auto raste davon, Polizeisirenen waren zu hören.

Commissario Pagani und Sabine Schmalgruber hatten das Anwesen erreicht, begleitet von drei voll besetzten Streifenwagen.

Mehrere bewaffnete Beamte in kugelsicheren Westen stiegen aus.

„Sie sehen in der Scheune nach", wies Pagani die Kollegen an und zog seine Waffe aus dem Holster. „Sie durchsuchen das Haus und Sie kommen mit uns."

Sie umrundeten das Haus und entdeckten inmitten eines verwilderten Gemüsegartens ein kleines Häuschen, dessen Tür offen stand.

„Das muss es sein", meinte Sabine und ging auf das Häuschen zu. Plötzlich nahm sie aus dem Augenwinkel eine Bewegung war.

Sie fuhr herum.

Ein Mann in bunter Sportkleidung stand neben einem teuer aussehenden Rennrad und war gerade dabei, seinen Helm aufzusetzen.

„Commissaria!", rief Dr. Eugen Wollberg und sah die Beamten erschrocken an. „Was ist denn hier los? Was sollen all die Polizisten?"

„Wir haben Zeugenaussagen, nach denen Frau Moser hier in diesem Gartenhäuschen gefangen gehalten wurde."

Der Notar lachte kurz auf.

„Wie bitte? Hier? Aber wer behauptet denn so etwas? Das ist völlig absurd."

„Und wie erklären Sie sich dann das hier?", fragte Commissario Pagani und wies in das Häuschen hinein.

Wollberg stakste mit seinen steifen Rennradschuhen über den zugewachsenen Weg und warf einen Blick in die Hütte.

Auf dem Boden lag eine leere Wasserflasche mit Strohhalm, ein Stück hartes Brot und die leere Verpackung eines Schokoriegels. Aus einem Holzeimer stank es nach menschlichen Exkrementen. Überall waren Blutstropfen verteilt.

„Ach du meine Güte! Das ist ja fürchterlich!", rief Wollberg überrascht. „Davon wusste ich nichts. Ich war schon seit Jahren nicht mehr in diesem Hüttchen. Sie denken doch nicht, dass ich etwas damit zu tun habe, oder?"

Pagani glaubte ihm kein Wort.

„Nach allem, was wir wissen, müssen wir annehmen, dass in Ihrem Haus noch jemand eingesperrt ist. Die Kollegen sehen sich gerade dort um und ich bin sicher, dass wir auch die gestohlenen Gemälde finden."

„Noch jemand gefangen? Gestohlene Gemälde? Wovon sprechen Sie?" Langsam wurde Wollberg ärgerlich. „Wer hat Ihnen eigentlich erlaubt, mein Grundstück zu betreten? Haben Sie einen Durchsuchungsbeschluss?"

„Commissario!", rief ein Beamter von der Haustür her. „Wir haben die Bilder gefunden und Herrn Arndt aus einem Kellerraum befreit."

„Sehr gut." Pagani sah den Notar herausfordernd an. „Und wie erklären Sie sich das?"

Noch bevor Wollberg antworten konnte, vibrierte Paganis Handy. Er warf einen Blick auf das Display.

„Unsere Kollegen haben gerade Ihre Komplizen gefasst."

„Komplizen? Was wollen Sie von mir? Ich habe mit all diesen Vorkommnissen nichts zu tun. Bitte wenden Sie sich an meinen Anwalt. Guten Tag."

Damit setzte er sich seinen Helm auf und trat in die Pedale.

Dr. Eugen Wollberg raste in waghalsiger Geschwindigkeit den Berg hinab. Sein Herz hämmerte, er konnte keinen klaren Gedanken fassen.

Es gab keinen Zweifel mehr: Er war aufgeflogen!

Die Polizei hatte die Bilder gefunden und seine Kompagnons gefasst. Die beiden würden natürlich gegen ihn aussagen, würden alle Verantwortung auf ihn schieben. Schließlich war er der Auftraggeber.

„Scheiße!", brüllte er und biss sich auf die Lippen. Warum hatte er sich nur auf diese Nieten verlassen? Er hatte schon von Anfang an ein ungutes Gefühl gehabt, hatte irgendwie schon geahnt, dass sie der Sache nicht gewachsen waren. Jahrelang war alles gut gegangen, hatte er bei der Auswahl seiner *Mitarbeiter* ein gutes Händchen gehabt. Doch diesmal war alles schief gelaufen. Dabei sollten sie doch nur vier Gemälde mitgehen lassen. Schon als er im letzten Jahr das Testament der Alten aufgesetzt hatte, war ihm klar gewesen, dass ihm diese Gemälde ein kleines Vermögen einbringen würden.

Mit über 50 km/h fuhr er auf die erste Kehre zu. Die Polizei würde ihm sicher folgen, aber auf den steilen, engen Gebirgsstraßen würde es mit dem Rennrad kein Problem sein, sie abzuhängen.

Er bremste leicht ab, legte sich in die Kurve und ließ das Rad wieder laufen.

Hinter sich hörte er die Polizeisirene. Sie kamen näher. Wollberg beugte sich tief über den Lenker. Der Tacho zeigte 62 km/h an. Noch ein paar hundert Meter, dann könnte er ungesehen in einen kleinen Seitenweg abbiegen – schließlich war er hier aufgewachsenen und kannte jeden Trampelpfad. Mit ein bisschen Glück könnte er sich ein Auto besorgen und ...

Das Vorderrad vibrierte. 68 km/h. Die zweite Kehre kam näher. Hochkonzentriert griff er nach den Bremshebeln. Sein Nacken schmerzte, der Wind pfiff in den Ohren, die Polizeisirene wurde lauter. 70 km/h. Er zog an den Bremsgriffen. Die Bremsklötze quietschten, das Rad schlingerte.

Plötzlich ein Knall – und noch ein Knall!

Entsetzt riss Wollberg die Augen auf.

Wieder zog er die Griffe an, doch die Bremsen reagierten nicht mehr. Die Griffe schlackerten lose am Lenker – die Züge waren gerissen!

Jetzt lag die Kehre unmittelbar vor ihm. Verzweifelt versuchte er, die Kurve zu nehmen.

Vergeblich!

Er verlor die Kontrolle über das Rad und stürzte den Hang hinab.

30

Im Gartenhotel herrschte an diesem Abend ausgelassene Stimmung. Trotz kühler Temperaturen strömten die Gäste nach dem Abendessen hinaus auf die Piazzetta vor dem Hoteleingang und kuschelten sich auf den Korbstühlen in weiche Decken.

Die spektakulären Ereignisse der vergangenen Tage hatten sich unter den Gästen bereits herumgesprochen und waren hie und da etwas ausgeschmückt worden. Jeder hatte angeblich noch etwas erfahren, etwas gehört, sich etwas zusammengereimt.

Es habe eine Schießerei gegeben, eine spektakuläre Verfolgungsjagd durch die Dolomiten. Im Keller eines verfallenen Landhauses seien in mehreren feuchten, modrigen Verliesen neben Christine Moser noch etliche, abgemagerte Gefangene gefunden worden. Schließlich habe der höchstens zwölfjährige Tim die Verbrecher mit der Heugabel überwältigt.

Was auch immer sich wirklich in Völser Aicha abgespielt haben mochte, sie würden es hoffentlich an diesem Abend erfahren. Deshalb waren auch alle gekommen und warteten gespannt auf Wolfgang und Christine Moser.

In einem Punkt waren sich alle Gäste einig: Man war froh und erleichtert, dass dieses Abenteuer, das es ja zweifellos für viele gewesen war, ein gutes Ende genommen hatte.

Familie Arndt hatte es sich auf einer großen, überdachten Polsterlandschaft gemütlich gemacht – direkt neben den weichen Sesseln des Ehepaares Völkl.

„Auf uns und unsere heldenhafte Rettungsaktion!"

Hans Völkl hob feierlich sein Cocktailglas und zwinkerte Tim verschwörerisch zu. Dieser wurde knallrot im Gesicht und grinste schief. In einem vertraulichen Gespräch hatte er

Hans Völkl schweren Herzens gestanden, dass er das Telefongespräch mitgehört und ihn deshalb verdächtigt hatte, der Kopf der Verbrecherbande gewesen zu sein. Die beiden hatten vereinbart, dass niemand davon erfahren sollte.

Susanne Arndt drückte ihren Sohn glücklich an sich. „Wenn ich gewusst hätte, in welcher Gefahr ihr wart, wäre ich vor Angst gestorben." Tim wand sich aus dem mütterlichen Griff und sah sich verlegen um. „Lass das, Mama, ich bin doch kein kleines Kind mehr."

„Nein, du bist unser Held!" Jetzt drückte sie ihm zu allem Überfluss auch noch einen Kuss auf die Wange und lachte.

In der Flammenschale knisterte das Lagerfeuer, die gerösteten Kastanien verbreiteten einen würzigen Duft. Das Gemurmel wurde leiser, als endlich das Ehepaar Moser die Piazzetta betrat.

Christine sah noch etwas blass und müde aus. Man konnte ihr die Strapazen und die Aufregung der vergangenen Tage deutlich ansehen.

„Liebe Gäste, liebe Freunde", begann Wolfgang mit fester Stimme. „Ich kann euch gar nicht sagen, wie froh und erleichtert ich bin, dass meine Christine wieder gesund und munter bei uns ist."

Tosender Applaus brandete auf.

„Die Verbrecher sind überführt und werden ihre gerechte Strafe bekommen. Dass das ganze Drama am Ende doch einigermaßen glimpflich verlaufen ist, haben wir dem Mut und der Entschlossenheit vieler Helfer zu verdanken."

Wieder Applaus.

„Viele von euch haben keinen Moment gezögert und sich der großen Suchaktion angeschlossen. Dafür möchte ich von Herzen Danke sagen und euch alle heute Abend einladen, mit uns zu feiern. Gerold hat einige Kartons unserer besten Weine aus dem Keller geholt." Unter begeisterten Rufen hob er sein Weinglas und prostete in die Runde.

Es wurde ein langer, feucht-fröhlicher Abend, an dem so manche übertriebene Interpretation der Geschehnisse aus dem Weg geräumt wurde.

Keine abgemagerten Gefangenen, keine Schusswechsel, kein Kampf mit der Heugabel.

Tim musste immer wieder davon erzählen, wie er das gestohlene Auto in der Scheune entdeckt hatte und dann von Hans Völkl *überwältigt* wurde. Auch die Geschichte, wie die beiden anschließend Christine befreit, die Polizei alarmiert und quasi vor den Augen der Entführer geflohen waren, wurde zum Besten gegeben. Jürgen Arndt konnte immerhin von einer halbstündigen Gefangenschaft berichten. Nur Christine hielt sich mit genaueren Details zurück. Es würde sicher noch einige Zeit dauern, bis sie über die zwei fürchterlichen Tage im Gartenhäuschen reden könnte.

Commissario Pagani war am Tag nach Christines Befreiung noch einmal ins Hotel gekommen und hatte berichtet, dass Eugen Wollberg nach seinem Sturz schwer verletzt ins Krankenhaus gebracht wurde. Er sei noch nicht außer Lebensgefahr. Es habe sich herausgestellt, dass Heike Hofmann die Bremsen an seinem Rad manipuliert hatte, als Rache dafür, dass er mit ihr Schluss gemacht hatte. Ihr Mann Bernd habe angeblich die krummen Geschäfte des Notars durchschaut und diesen erpresst. Deshalb hatte Wollberg jemanden engagiert, die Bremsen von Hofmanns Auto zu sabotieren.

Sollte sich der Notar wieder erholen, würde er sich ebenso vor Gericht verantworten müssen wie die beiden Entführer, die nur wenige hundert Meter von Wollbergs Elternhaus entfernt von der Polizei aufgegriffen worden waren. Auch Heike Hofmann musste wohl mit einer Anzeige rechnen. Immerhin hatte sie den Tod Wollbergs billigend in Kauf genommen.

„Was macht ihr jetzt mit der Ausstellung?", fragte Susanne Arndt zu fortgeschrittener Stunde. „Jetzt, wo die Bilder wieder da sind, könnt ihr doch wieder öffnen. Nach der Publicity in der Presse kommen sicher viele Leute."

Wolfgang lächelte seine Frau liebevoll an.

„Nein, wir haben beschlossen, dass die Bilder nur Unglück bringen. Wir behalten nur das Gemälde vom Moserhof. Alle anderen werden verkauft. Wir haben schon reichlich Interessenten."

„Wir hoffen, dass nach all der Aufregung wieder Ruhe im Gartenhotel einkehrt", meinte Christine. „Immerhin sollte euer dreißigster Aufenthalt bei uns ein Entspannungsurlaub sein und kein Abenteuerevent."

Susanne Arndt lachte.

„Das ist ganz in meinem Sinne! Wir freuen uns auf weitere dreißig Mal Entspannung."

Epilog

21. April 2020

Es sind nun fast zwei Jahre vergangen.
Zwei Jahre voller Schmerzen und Einsamkeit, unzähliger
Operationen und quälender Ungewissheit. Wochenlang
haben die Ärzte um mein Leben gerungen, hatten mich
schon beinahe aufgegeben. Doch ich habe mich zurück-
gekämpft, habe alles über mich ergehen lassen, jede sich
bietende Gelegenheit ergriffen, gesund zu werden.
Jetzt bin ich wieder da.
Mein geschundener Körper schmerzt noch immer, die
Wunden sind noch lange nicht verheilt, doch mein
Lebenswille kehrt langsam wieder zurück.
In all den endlosen Tagen im Krankenhaus hatte ich viel
Zeit zum Nachdenken, habe mein Leben Revue passieren
lassen. Die Erinnerung an den Unfall lässt mich nicht los.
Jede Nacht träume ich davon, wache morgens schweiß-
gebadet auf, suche nach Trost und Hilfe – vergebens!

Da ist niemand mehr.

Heike, meine geliebte Heike, meine Stütze, mein Halt.
Sie hat mich betrogen, verraten, weggeworfen.
Wie konnte sie mir das nur antun?
Sie hat alles kaputt gemacht.
Ich bin so wütend, enttäuscht, verzweifelt, könnte immerzu
laut schreien, meine Wut über das provozierend ruhige
Wasser dieses fürchterlichen Sees brüllen.
Montiggl, immer wieder Montiggl und immer wieder dieser
See! Er verfolgt mich schon seit Jahren – genauso wie die
Bilder, die sich pausenlos in mein Leben drängen, mir erst

Hoffnung machen und mich dann wieder fallen lassen. Die Bilder haben ein Wrack aus mir gemacht, haben mich zum Verbrecher werden lassen, meine Ehe zerstört. Und doch spüre ich eine übermächtige Sehnsucht danach, sie endlich zu besitzen. Ich bin kein böser Mensch, auch wenn ich Böses getan habe. Es geht mir nur um Gerechtigkeit.

Nicht Rache oder Gier. Gerechtigkeit!

Mutter hat die Bilder bekommen, als Dank für ihre Mühen und ihre Liebe zu dem alten Mann.

Man hat sie ihr gestohlen. Das Verbrechen ist bis heute nicht gesühnt, überschattet seither mein ganzes Leben.

Wolfgang Moser hat sie bekommen, geerbt von der Frau, die sie unberechtigterweise an sich genommen hatte.

Wie gern hätte ich sie mir einmal angesehen, wäre ins Hotel gefahren und hätte die Ausstellung besucht.

Doch das war undenkbar.

Ich bin derjenige, der Wolfgang Moser entführt hat, ich kann nicht einfach in das Hotel spazieren wie jeder andere auch.

Nein!

Ich bebe vor Zorn, spüre, dass ich erst dann Frieden finden kann, wenn ich die Bilder in meinen Besitz gebracht habe.

Es ist ruhig.

In der glatten Oberfläche des Sees spiegeln sich Schönwetterwolken.

Trotz des herrlichen Frühsommerwetters ist kein Mensch ist zu sehen. Kein Spaziergänger, kein Schwimmer, kein Radfahrer.

Niemand – nur ich.

Endlich kann ich unbemerkt das tun, was ich mir vorgenommen habe.

Mit wackeligen Beinen stolpere ich den Weg entlang. Zum ersten Mal seit damals sehe ich das Seeschlösschen wieder. Mir wird übel, wenn ich es ansehe, wie es da am Ufer steht mit seinen hübschen, frisch gestrichenen Fensterläden.

Sie haben es renoviert – zumindest von außen. Von innen, habe ich gehört, sei noch vieles so wie es war: baufällig, alt, heruntergekommen.

Hier hat er gewohnt und gearbeitet, dieser Maler, der Gutes tun wollte und doch so viel Schlimmes über mein Leben gebracht hat.

Es ist ein altes, marodes Gemäuer – das vielleicht noch ein letztes Geheimnis birgt.

Eigentlich wollte ich nie mehr hierher kommen, endlich vergessen, alles hinter mir lassen, ein neues Leben beginnen.

Doch dann war da diese Nachricht im Briefkasten gewesen.

Ein paar Zeilen auf einem unscheinbaren Zettel, ohne Absender, mit schlampiger Handschrift geschrieben.

Parer hätte die Angewohnheit gehabt, wertvolle Gegenstände oder Dokumente unter losen Dielenbrettern zu verstecken, hieß es. Angeblich gebe es noch immer etwas in diesen Hohlräumen zu entdecken.

Zunächst hatte ich die Nachricht nicht ernst genommen, den Zettel weggeworfen. Wer hätte mir eine solche Information zukommen lassen sollen – und warum?

Und doch ließ sie mir keine Ruhe.

Was, wenn unter den morschen Dielen des alten Kastens doch etwas zu finden wäre, das mein Leben in eine andere, bessere Richtung lenken würde?

Es ist ein letzter Hoffnungsschimmer.

Ich setze das Brecheisen an. Die Tür gibt sofort nach. Ich schalte die Taschenlampe ein, schließe die Tür hinter mir.

Es riecht modrig.

Die Räume sind leer. Man hat den Müll weggeräumt. Sehr viel mehr ist nicht passiert.

Mein Herz klopft schneller. Der Wunsch, einen Beweis dafür zu finden, dass ich der rechtmäßige Besitzer der Bilder bin, zerreißt mich fast.

Ich leuchte in alle Ecken, klopfe jedes Dielenbrett ab.

Nichts.

Mühsam erklimme ich die steile Treppe. Die Luft steht. Es ist feucht-warm. Schweiß läuft mir über den Rücken. Ich muss etwas finden. Ich muss!

Ich betrete den letzten Raum. Er ist verwinkelt, hat Dachschrägen und verborgene Ecken.

Es knarzt unter meinen Schuhen.

Ich erstarre, gehe einen Schritt zurück, leuchte auf das Brett.

Es sieht aus wie alle anderen auch.

Und doch es ist anders!

Es wackelt.

Mit zitternden Fingern fische ich mein Taschenmesser hervor. Beinahe gelingt es mir nicht, die Klinge auszuklappen. Ich bohre das Messer in den Spalt, versuche das Brett anzuheben. Die Klinge biegt sich durch.

Vergeblich!

Es sitzt zu fest.

Ich versuche es wieder, keuche, stöhne, weine.

Da! Es löst sich! Lässt sich ein paar Zentimeter anheben.

Ich packe es und spüre plötzlich einen schmerzhaften Stich in der Hand. Ein Holzsplitter hat sich tief in meine Handfläche gebohrt. Blut quillt hervor.

Egal. Ich wickle mein schmutziges Taschentuch um die Wunde und nehme das Brecheisen zu Hilfe.

Das Dielenbrett gibt nach.

Vor mir klafft ein dunkles Loch – ein Hohlraum.

Er ist leer.

Ich atme schneller, lege meine Wange auf das Holz und leuchte unter den Bretterboden.

Etwas Weißes blitzt auf.

Vorsichtig halte ich die Taschenlampe mit der blutenden Hand und stecke die andere tief in das Loch hinein.

Papier, ich spüre Papier, umschließe es und ziehe es sachte heraus.

Es ist ein Brief.

Mein Puls rast. Ich lasse mich auf den Boden fallen, lehne mich an die kühle Wand, öffne den Umschlag und ziehe ein gefaltetes Papier hervor.

Durch einen Tränenschleier lese ich die ersten Zeilen:

Frühling ist's im ganzen Tal
Tausend Blüten an den Bäumen
Bunt und duftend allemal
Ich will es nicht versäumen.
Strebe raus in die Natur
mit Pinsel und Stafflei
Mal mit meinen Farben nur
Komm, Frühling, komm herbei!

ENDE

Danksagung:
An dieser Stelle möchte ich mich ganz herzlich bei Wolfgang und Christine Moser sowie dem ganzen Team des Gartenhotels für die konstruktive Zusammenarbeit bedanken. Ich habe die Hotelaufenthalte, die für die Recherche nötig waren, sehr genossen und kann jeder Leserin und jedem Leser einen entspannenden Urlaub im Gartenhotel Moser wärmstens empfehlen.

Monika Martin

„Bilderrätsel"
**Commissario Pagani ermittelt
am Montiggler See**

MYSTERIÖSE GEMÄLDE
UND EIN VERSCHWUN-
DENER HOTELCHEF

Erschienen im November 2018
bei Books on Demand GmbH,
Norderstedt

ISBN: 9783748129615

„Bilderrätsel" ist auch als E-Book im Handel erhältlich.

Eine Reisegruppe aus Deutschland freut sich auf einen entspannten
Urlaub im Gartenhotel Moser in Montiggl/ Südtirol. Doch schnell
wird die Freude getrübt: Der Hotelchef Wolfgang Moser wird
entführt! Er soll angeblich mehrere Werke des berühmten
Südtiroler Malers Max Parer versteckt halten. Nachdem der
zuständige Commissario Roberto Pagani den Fall nicht ernst
genug nimmt, muss die Hotelchefin Christine, zusammen mit einer
kleinen, mutigen Gruppe Hotelmitarbeiter, das Problem selbst in
die Hand nehmen ...

Das Buch ist im März 2015 als Hotelkrimi „Bilderrätsel –
ein Gartenhotel Moser-Krimi" erschienen und wurde bis
Ende 2017 exklusiv an die Hotelgäste ausgegeben.

Monika Martin

„Apfelrausch"
**Commissario Pagani ermittelt
in Südtirol**

APFELERNTE IN SÜDTIROL
UND EIN UNERWARTETER
FUND

Erschienen im September 2013
bei Books on Demand GmbH,
Norderstedt

ISBN: 9783738621372

„Apfelrausch" ist auch als E-Book im Handel erhältlich.

Edith Kössler referiert bei der Obstgenossenschaft Kaltern/Südtirol über den Einsatz eines umstrittenen Verfahrens zur Lagerhaltung von Kernobst. Im Laufe der Veranstaltung kommt es zu Meinungsverschiedenheiten und Provokationen seitens einzelner Apfelbauern. Noch am selben Abend wird sie erschlagen und in einem verlassenen Haus am Mendelpass versteckt.
Der eigensinnige Commissario Roberto Pagani, strafversetzt nach Bozen, nimmt die Ermittlungen auf. Zu seinem Entsetzen muss er mit seinem alten Bekannten Kommissar Attila zusammenarbeiten…

"Die Autorin versteht es hervorragend, eine Kriminalgeschichte mit der "großen" Geschichte zu verbinden."
(Schwabacher Tagblatt)

Weitere Veröffentlichungen von Monika Martin:

In der Reihe „*Ermitteln wo andere Urlaub machen*":

„*Bilderrätsel*", November 2018
„*Apfelrausch*", September 2013
„*Schattenschlag*", Februar 2012
„*Hitzewelle*", Juli 2010
„*Die Tote im See*", August 2008

In der Reihe „*Krimis mit Geschichte*":

„*Kabine 28*", September 2021
„*Findelkind*", Oktober 2019
„*Teichwächter*", März 2018
„*Rauschgoldengel*", Oktober 2016
„*Hochgericht*", Dezember 2014

Alle Krimis sind auch als E-Book im Handel erhältlich.

Informationen unter: www.monika-martin-krimi.de